由人墨蹟

由昌言◎著

东北大学出版社
·沈 阳·

序

由昌言老师《由人墨迹》的闪亮问世，使书林艺术丛中增添了一株耀眼的玉树琼枝。正当他八十华诞之际，此墨宝的结集出版，恰是献于读者的艺术大餐，实非常人所能。

昌言老师退休前是营口第二师范学校（原盖县师范学校）高级讲师、副校长，不仅是教育专家，更是书法大家。教学生涯四十余载，诗书满案，殊荣一身：曾荣膺全国及省、市、县优秀教师称号，辽宁省特级教师、中国老年书画家协会研究员。近年来，又被评为辽宁省老年德艺双馨书法家。可谓桃李满天下，墨迹遍春山。

『灯火夜深书有味，墨花晨湛字生香。』《由人墨迹》凝聚了由老多年书法创作与教学的墨宝精华，透射出他博大的艺术胸襟、深厚的文学底蕴，展示出一位老教师、老学者的激情与风采。当你展卷品读之时，一位鹤发童颜、才高八斗的长者形象便跃然纸上，栩栩如生，光彩照人。当你细细品味他那雄浑圆润的颜体字时，定会对他深厚的文学功底和高超的书法造诣赞叹不已。其书思想之深刻、创意之新颖、语句之警人、字迹之遒劲，别具一格，雅俗共赏。是学习书法、鉴赏书法的宝贵教材，具有很高的艺术价值。

昌言老师少时承蒙严格家教，临池学书。几十年来，苦心孤诣，如今的书法技艺已经炉火纯青。他的书法正统而不拘泥，端庄而不造作，俊逸而不柔媚，潇洒而不轻浮。楷书端庄厚重，气势恢宏；行草刚柔相济，遒劲流畅，舒卷自如，神采飞动。观其墨宝，如饮百年陈酿，令人陶醉其中，回味无穷。

艺术要达到高端的境界，必须有深厚的文学功底。昌言老师出身书香门第，自幼幸入私塾，受教于父亲的老师（王秀才），学了些古典的启蒙读物，深得教益。又毕业于辽宁大学中文专业，学识渊博，功底深厚，教学水平令人望尘莫及。其书法教学，能讲清汉字的起源，从字形到字音，从字义到典故，娓娓道来，宛如春雨润物，使学生受到知识的启蒙和精神的陶冶。这样的良师、高师、名师实在是可遇而不可求啊！

『上善若水。水善利万物而不争』。

昌言老师是位才高德馨的谦谦君子。敦厚儒雅，至真至善，心胸坦荡，为人师表。淡泊名利，循规重道，是他的德行；为学严谨，不蔓不枝，是他的风格；与人为善，有求必应，是他的品性。他，虽负盛名，却毫无骄尚之情。从不标新立异，从不粉饰包装。

理本精深，看阶前双水合流寻到源头方悟彻；

学无止境，想宇后孤峯独秀登来巅顶莫辞劳。

这是昌言老师平时喜欢书写的一副对联，也恰恰是他作学问的真实写照。

他的《由人墨迹》通过厚重的笔力，把艺术才情与深厚的国学功底融为一炉，超凡脱俗，蔚为大观。

开卷神游千载上，垂帘心在万山中。让芸芸读者去领略和感受《由人墨迹》无穷的艺术魅力吧！

昌言老师是我老师的老师，是我一生中的老师和偶像。最为有幸的是，我曾与他同校为师、同室对案、同室操琴，彼此成了忘年至交。遵昌言老师所嘱，为其《由人墨迹》作序，既诚惶诚恐，且幸甚至哉。本人才疏学浅，未识书法艺术之堂奥，只能宫墙外望。然则，对他的品格由衷地敬佩，对他的诗文诚挚地赞叹，对他的作品无言地膜拜。基于此种情怀，于《由人墨迹》付梓之际，撰写上述文字，权且作序，以表敬意。

韩宪波

丁酉春于盖州市

目录

聯語管窺

对联是我国争奇斗艳的文艺园地中的一朵奇葩，既是为广大人民群众所喜闻乐见的一种传统的民族文学样式，又是文学与书法有机结合的综合艺术。新春佳节，以祝人寿年丰，乐中见乐；婚配喜事，以贺美满姻缘，喜上添喜；治丧悼念，以使生哀亡慰，悲者愈悲；游览胜地，以求悦目赏心，兴外有兴。更有联语，遣问精妙，意境深邃，含英咀华，韵味隽永，助兴励志，堪为佳品。今录下十五副联语，并作了浅显的释析，真有不自量之嫌。下面凑成几句，以为自嘲罢了。

偶得佳联，赏析把玩。见仁见智，焉可定观。不揣鄙陋，引玉抛砖。方家一笑，足慰寸丹。

開卷有神遊

千載心香在萬山中

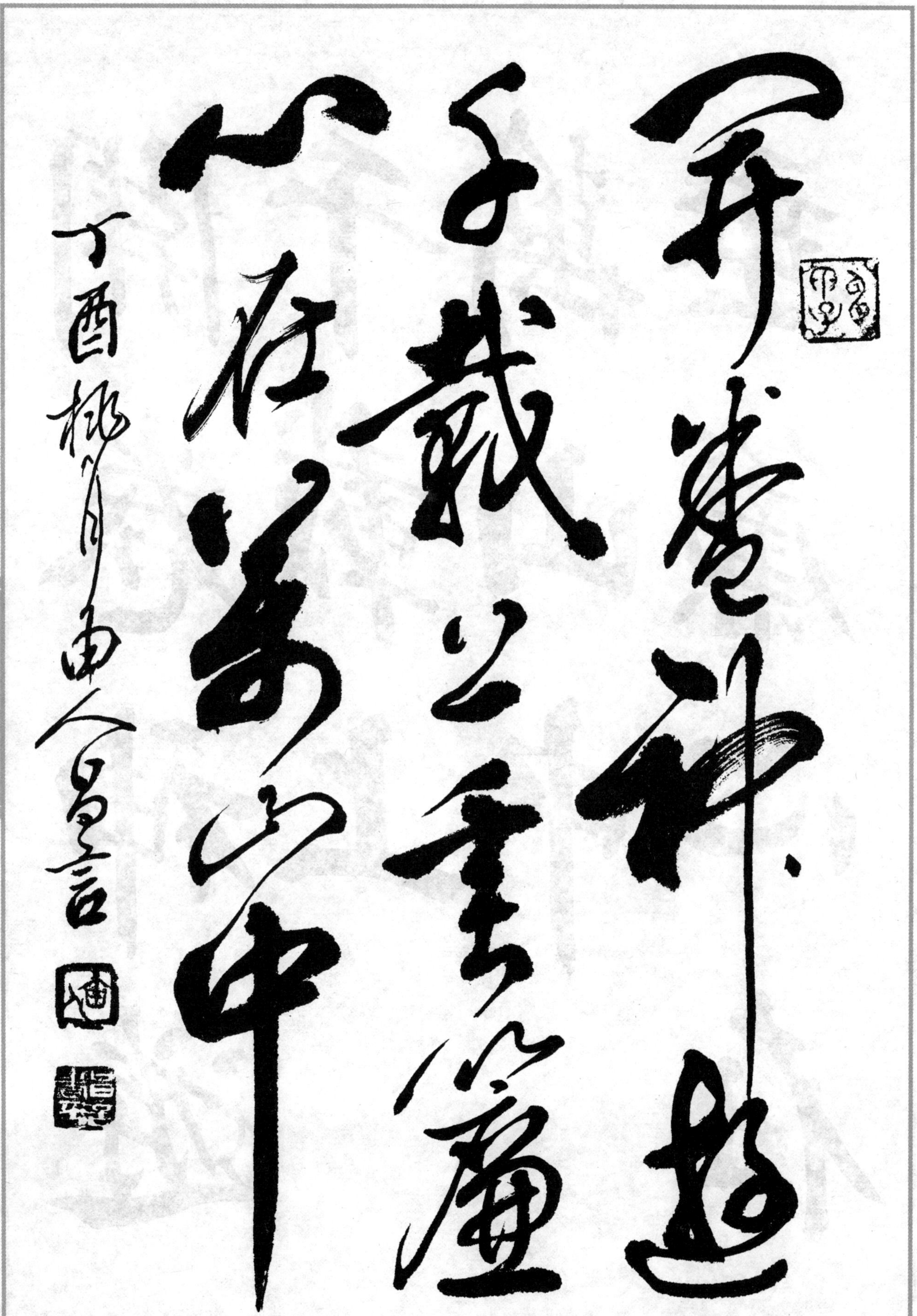

開卷神遊
千載上
萬山中
垂簾心在

開卷神遊千載以上

垂簾心在萬山中

開卷神遊千載上
垂簾心在萬山中

開齋神游
千載上
暴山中
坐簾也杜

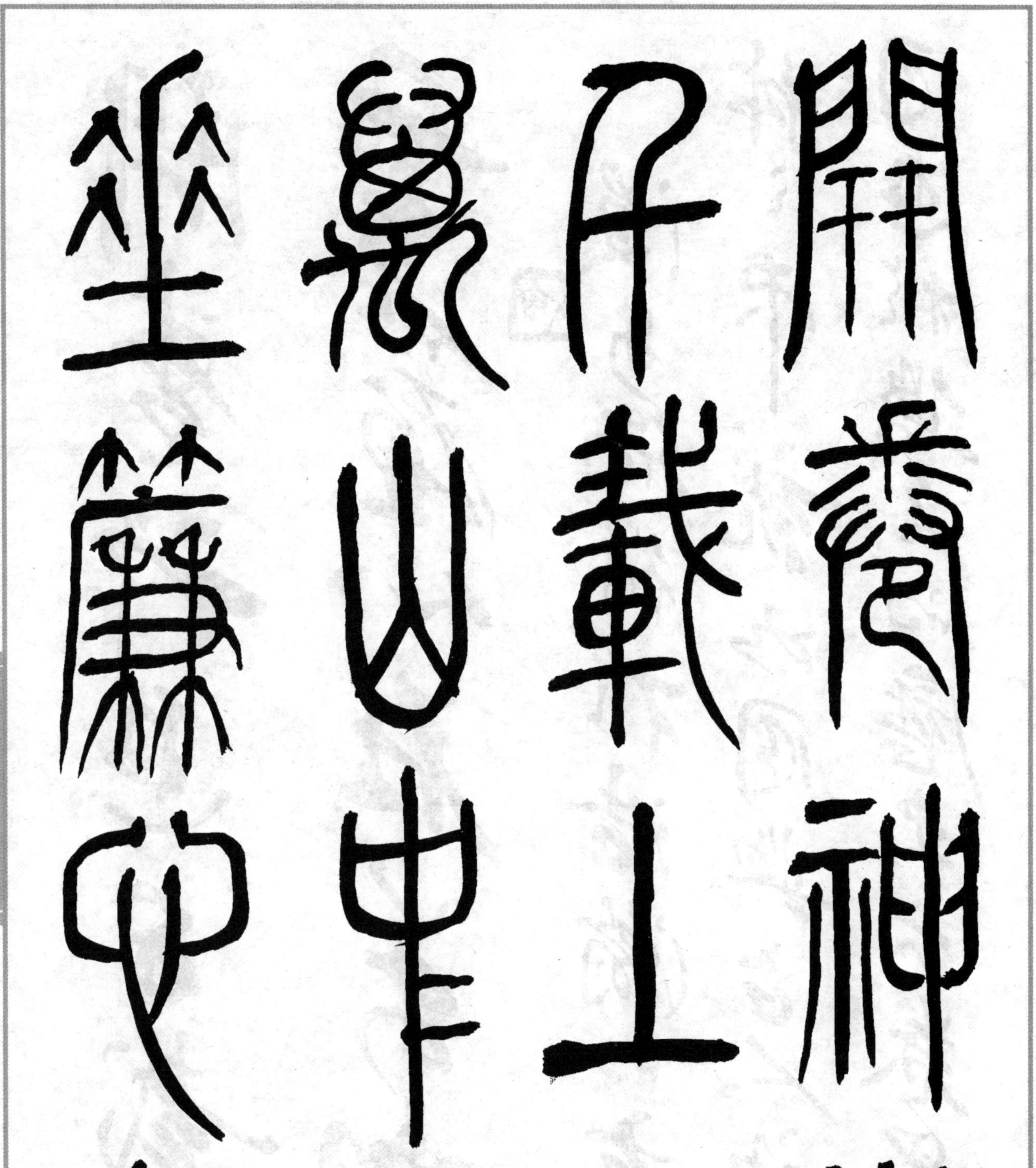

開卷詩趣千載上
玉龍心在萬山中
漫步徜徉於浩瀚的古典書
林之中，就如同與古人詩文
同遊於悠久的歷史長卷里。成

聆聽先人的諄諄教誨，感觀前悲壯的歷史長劇，身居斗室，而方寸心却可容納千山萬壑：那重重疊疊的山巒，那鬱鬱蒼蒼的茂林，那淙淙潺潺的溪水，那啁啁啾啾的鳥鳴，全在我開闊的胸襟之中。神通古今，心容了地。《老子》说：「人法地，地法天，天法道，道法自然。」在《围炉夜话》的谈名篇中，说到，「君子但求近理。」君子但守其常，在穿越时空的过程中，人们一定要求近理，更要守近常，而顺其自然。

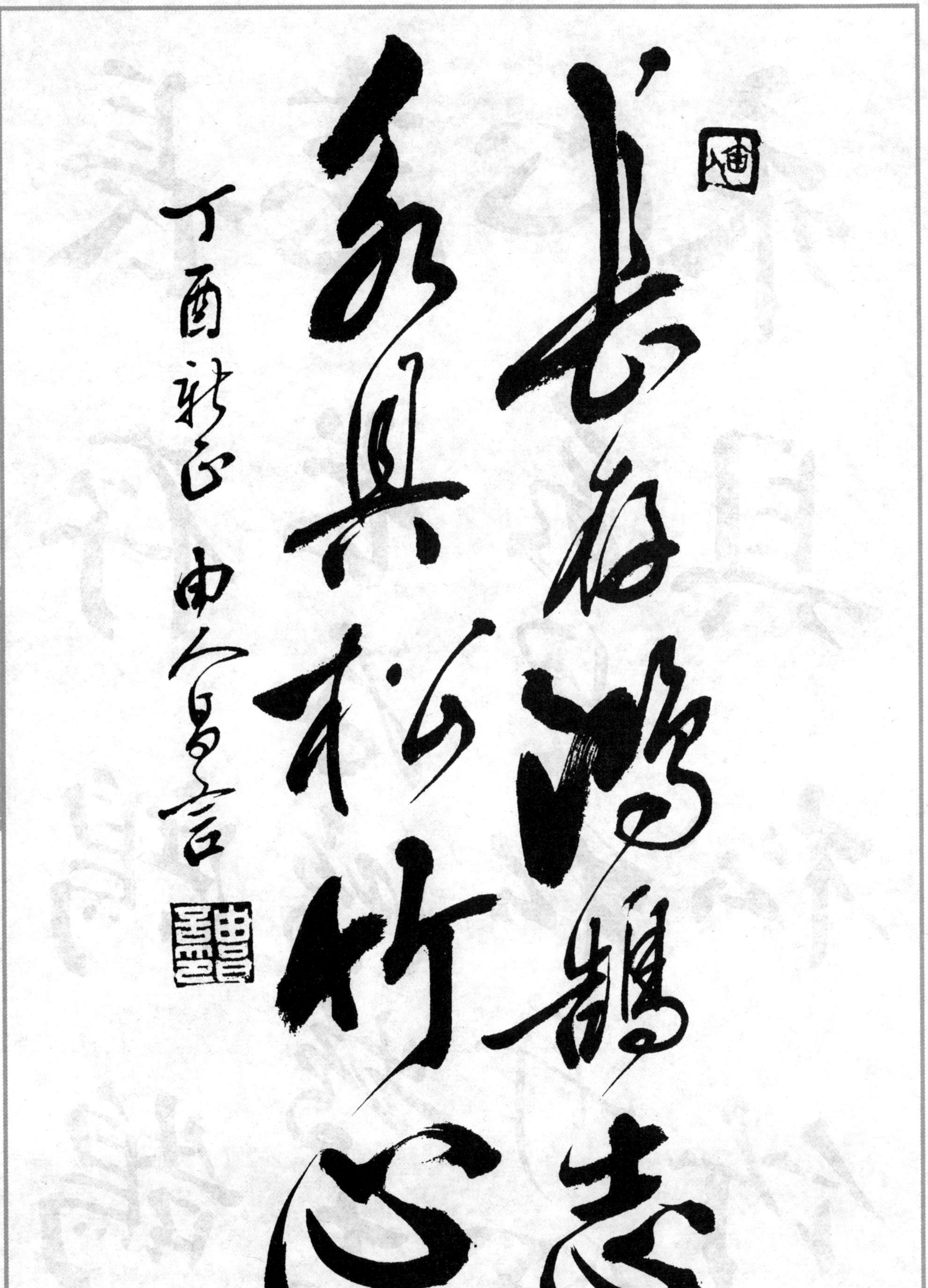
长存鸿鹄志
永具松竹心

長存鴻鵠
志長存鴻鵠志
心永具松竹心
永具松竹

丹楓淅瀝
老長存鴻鵠志
中永具松竹心
外具松林

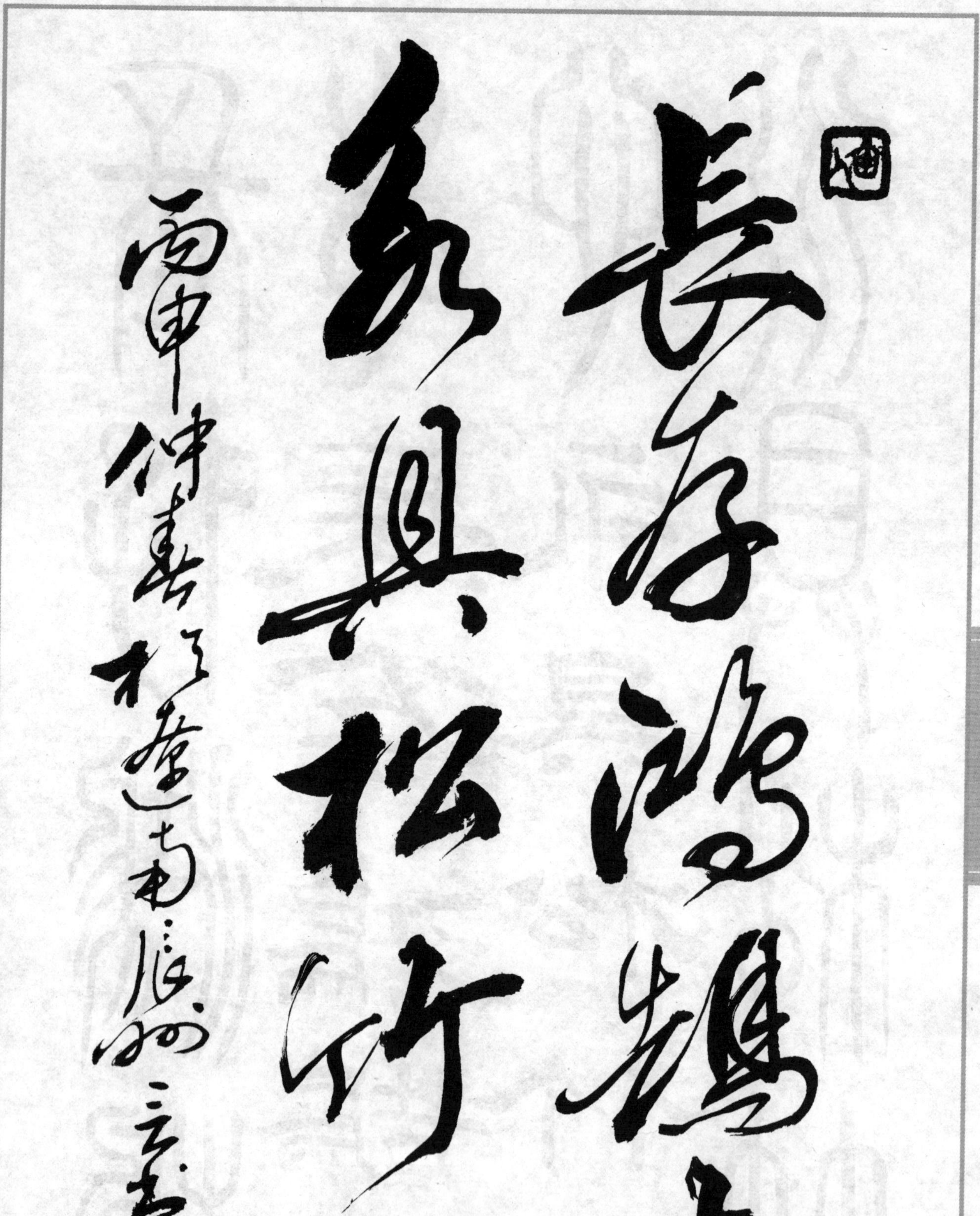
長存鴻鵠志
氣具松竹心

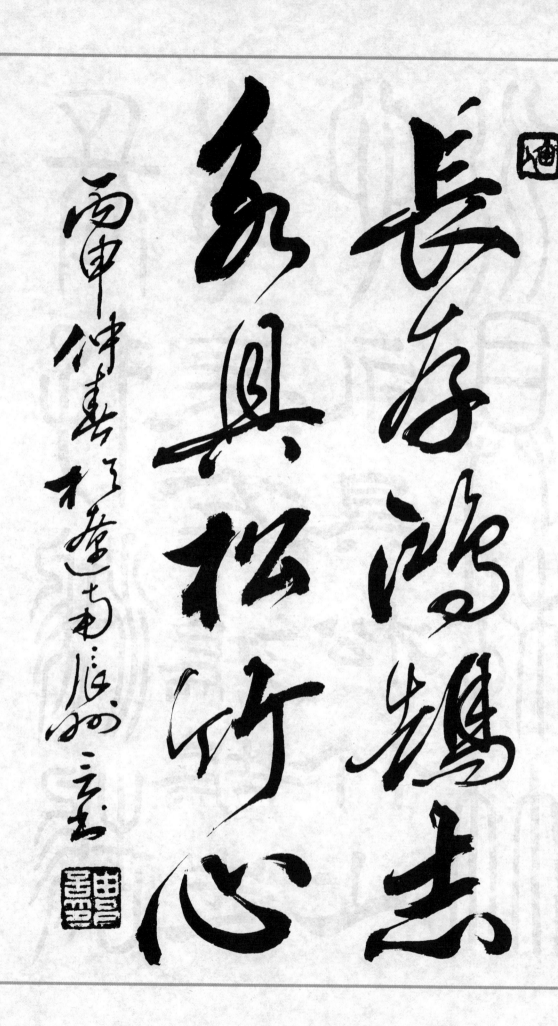

“長”與“永”均表示時間之長。“天長地久”、“長夜漫漫”、“永為儀則”、“韻味雋永”，皆為此意。“存”與“其”均為“有”之意。如：“海內存知己”、“獨具匠心”，皆為此意。“心”與“志”意思同。“心”為心臟，

引申为心思、意念；志〃亦释为心
意，二者均有志向之意。鸿〃鹄〃
与燕〃雀〃都做鸟引用以喻群。
鸿〃是大型雁类〃总称〃，鹄〃就是
天鹅。联语〃意是〃
应该永远树立像鸿鹄那

样展翅高飞鹏程万里〃宏
大志向〃雄谈永远具有像松
柏那样坚毅无畏〃像翠竹那
样虚怀若谷〃凌空直立〃有高
贵品格。在人们〃心目中〃鸿鹏〃
〃松竹〃均为崇尚〃之物。常〃以

或喻志之詠物抒懷。如：

「燕雀之小志，鴻鵠之高翔。」

「竹因虛受益，松以靜延年。」

「水能性淡為吾友，竹解心虛即我師。」

英烈方志敏为自己作联：

心有三爱奇书骏马佳山水；

园栽四物青松翠竹白梅兰。

鄭板橋為其自畫竹石題詩

咬定青山不放松
立根原在破巖中
千磨萬擊還堅勁
任爾東西南北風

畫家李方膺題墨松：

一年一年復一年，

盤根錯節鎖風烟。

不知天意留何用，

虎爪龍鱗老更堅。

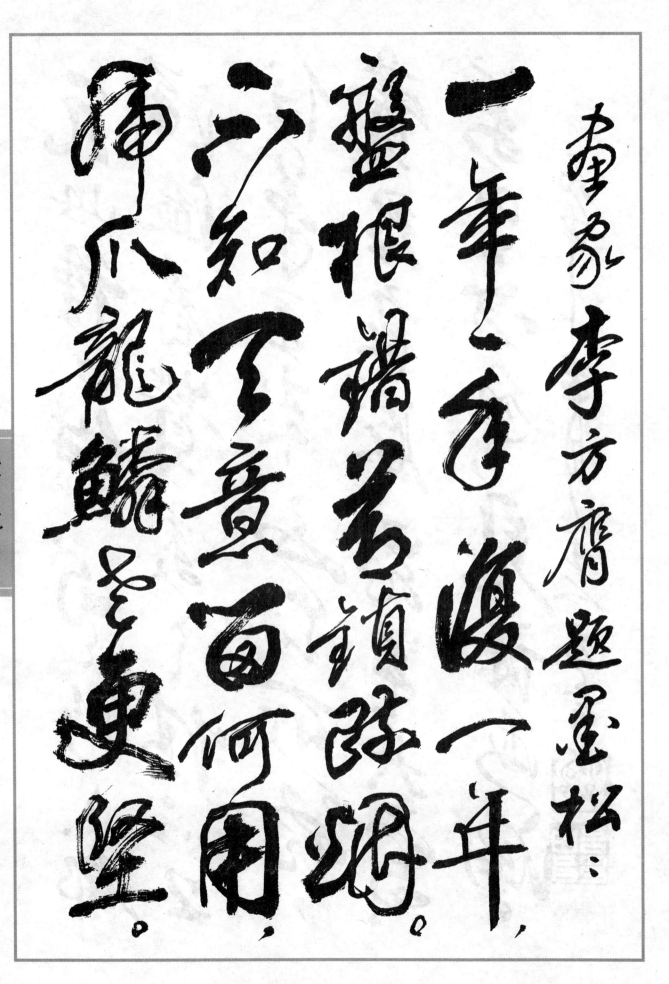

凡此種種，任之、勉之、作之，都洋溢着讚美之情，以之信筆寫來，不妥所疑，費君良辰，還望大家笑望萬象，見諒海涵。

丙申年春月　由人畧言

虚窗远怀春满
座明如人肝胆月
堂庭

丁酉桃月
曲昌言

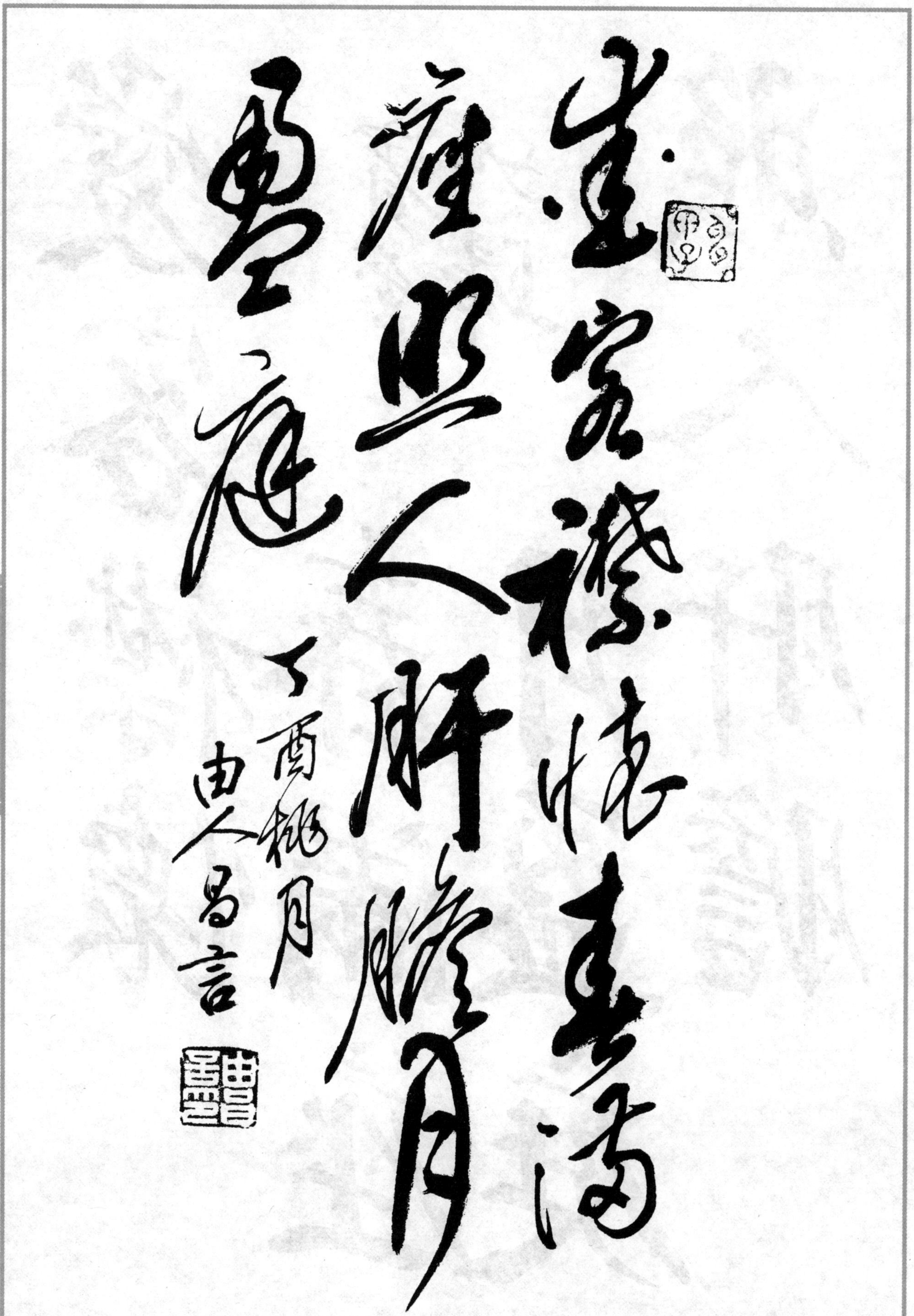

愛客襟懷春滿座

賓至如歸

照人肝膽月盈庭

愛客襟懷春滿座
照人肝膽月盈庭

葉室春和

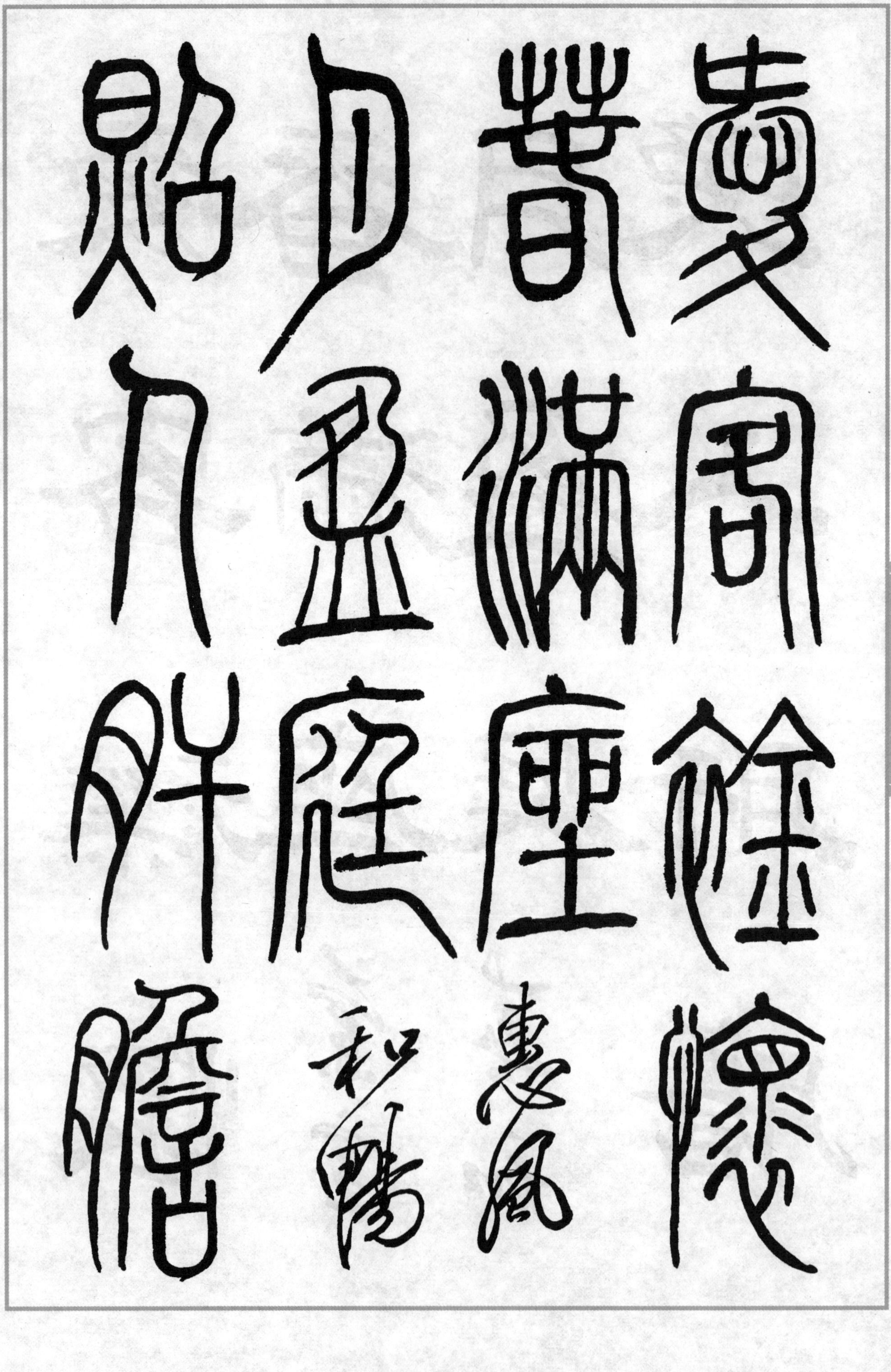

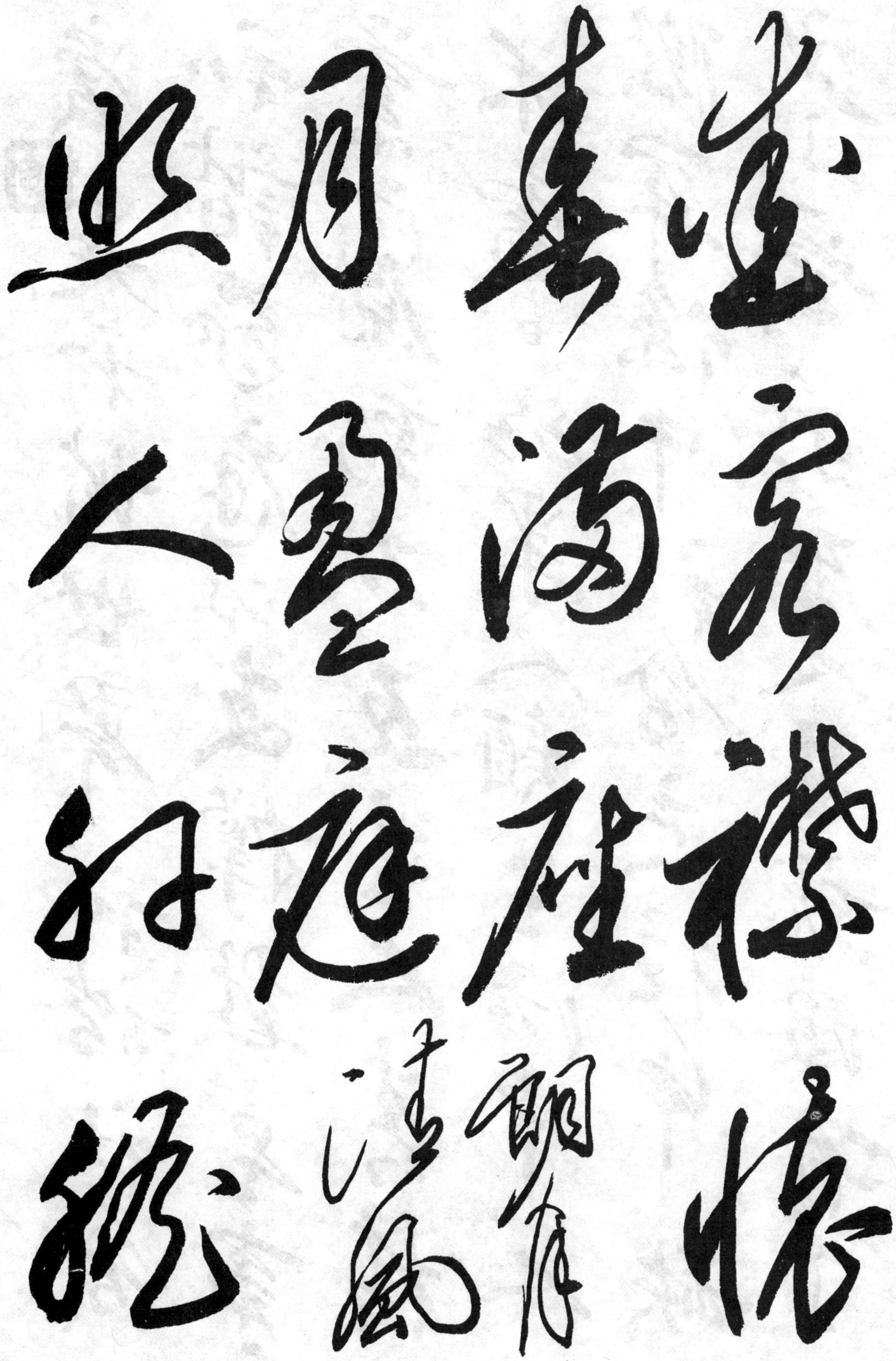

愛是和諧世界、和諧社會、和諧家庭的支撐點、是事業的原動力、更是人生的精采處。如果人類生活中、人際關係中、社會交往中、缺少了愛、那麼人生就沒有了歡笑，沒有了生氣，沒有了意義。上聯是在說一個"愛"字，下聯是在說一個"誠"字。以親朋友愛的情懷待家人，使人感到春風滿座，溫暖如家；待人誠懇坦蕩，就如同祥和美妙的月光灑滿庭堂，讓人感到溫馨舒暢。此月在人們的心目中是天上的明鏡，是吉祥的玉盤，是團圓的象徵。如常皓月照映，冰輪作湧，此時此刻，多少人在舉首低頭之曾满懷縈繞着思鄉之情，游子們在"舉杯邀明月"、"千里共嬋娟"。月是那樣的明淨、澄澈，給人以溫馨、和美、淳樸、清新的感覺，無怪乎常常出現在詩家的筆下。

“紗窗延皓月，綉幕引清風”，“好書悟後三更月，良友來時四座風”，“滄潭一輪月，老鶴萬里心”，“竹雨松風梧月，茶烟琴韻書聲”，身飄雲物外，影落月華中”，真是妙聯不厭百回讀啊！

積葉有餘美

珍藏必厚己

丁酉桃月曲人昌言

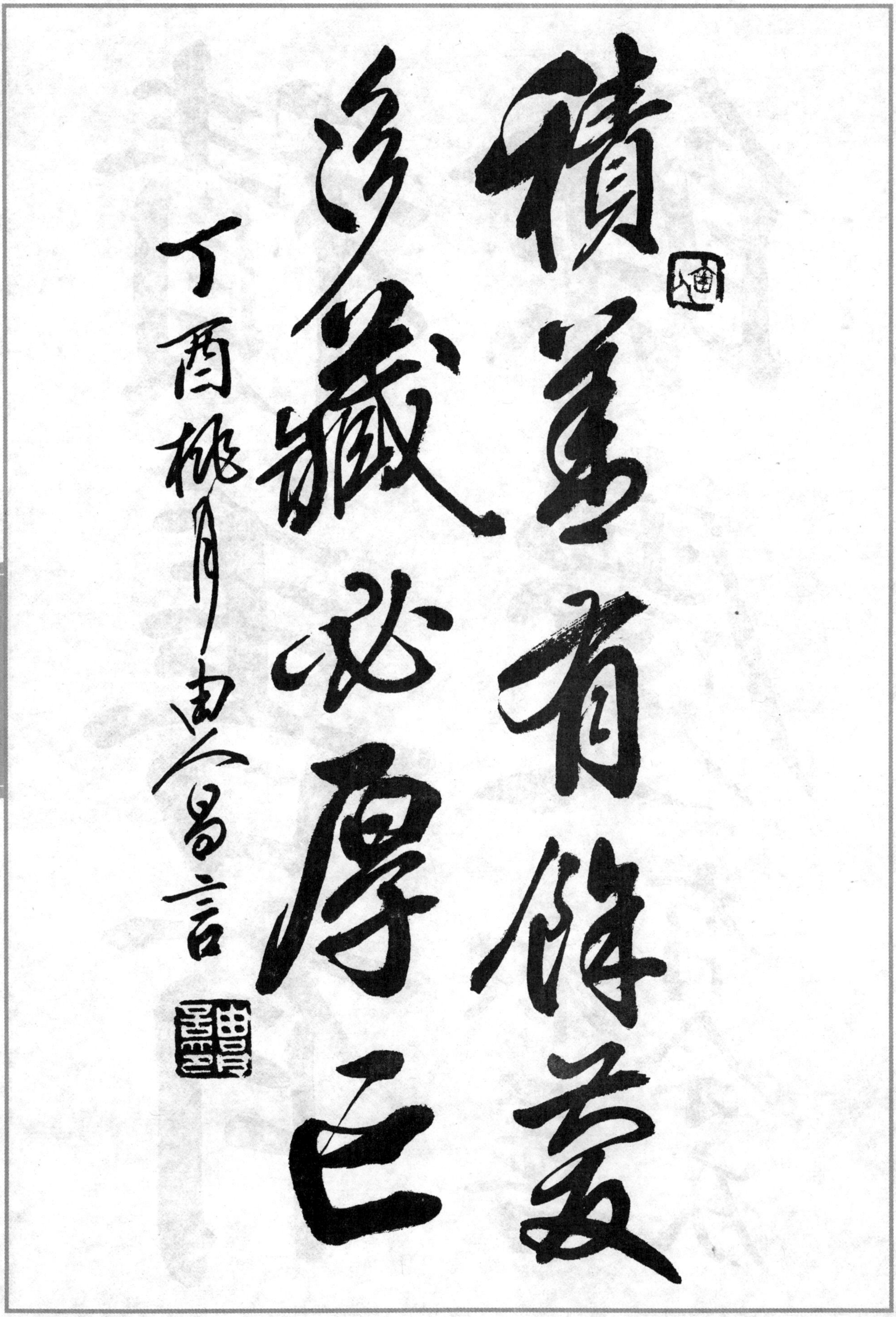

積善有餘慶

积善有余庆

多藏必厚亡

选自《围炉夜话》

猿善尔

饰茂鸟

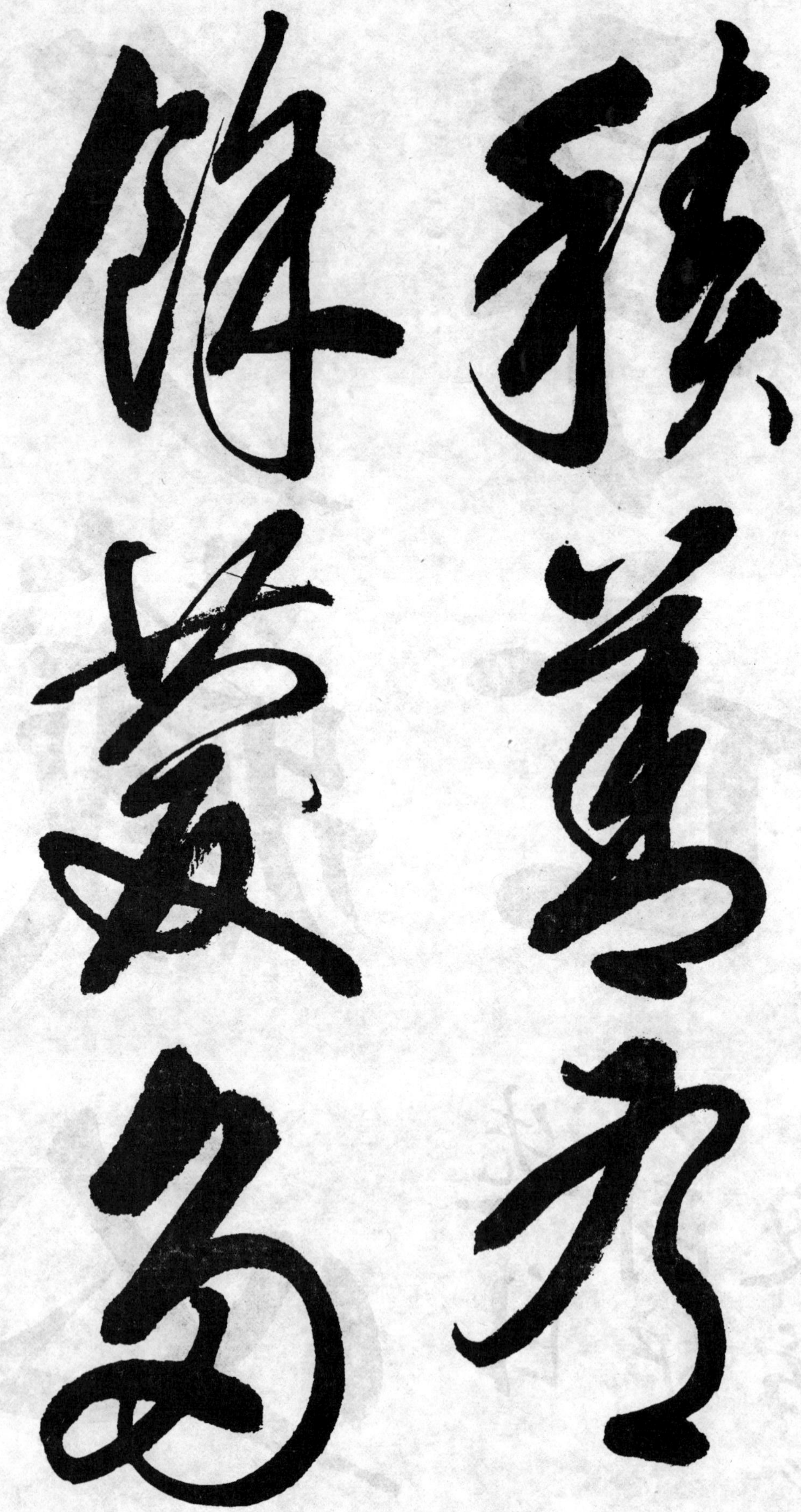

積善有
餘慶多

藏必厚
亡

積善有餘慶
多藏必厚亡

積善有
餘慶多

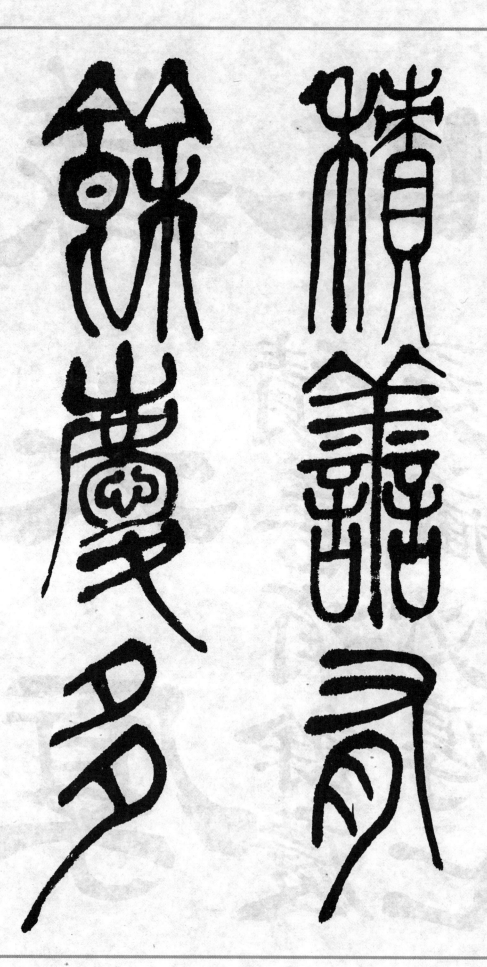

藏必厚亡

積善有餘慶

多藏必厚亡

這副聯語出自《圍爐夜話》第二卷《窮理篇》中第九章：「桃實之肉暴(pù)於外，不自吝惜，人得取而食之。而種其核，猶饒生氣焉。此可見積善者有餘慶也。」栗實之肉，祕於内，深自防護，人乃剖而食之。食後而棄其殼，絕無生理矣。此子知多藏必厚亡也。

即物窮理，小中見大，淺顯易懂，耐人深思。桃子獻果肉於人，留其核而得新生；栗子藏肉核

肉，人們只好碎核取肉，卻不得
再生。易文中所說積善有
餘慶，而銀杏厚厚正也！
難道這不正是大自然的捨得之
道嗎？晝夜交替，四季輪回，
天地有盛衰，萬物只生死。大自

然從捨得中維持著平衡，維持著圓滿，維持著大千世界多樣的和諧和美麗。一位高人說得好，百年的人生也不過就是一捨一得的重復。捨捨得得，既矛盾又統一，相生相克，相輔相成，存於天地，存於人世，存於心間，存於微妙的細節。
萬事萬物都在捨得之中。
我曾在一篇文章中說，至於捨
而後得，那是上蒼的恩賜，那
是道家的獎賞。大自然用自
己的博大和無私，告訴了我們

無數的道理，告訴我們諸多的捨得之道。人唯有自身融入於自然之中，才能從中汲取智慧的養分，成就自己。捨得是一種大智慧，是對生活的認識，是處理人際關係的藝術。

在個人的修養中范仲淹爲我們立下了光輝的標杆。「先天下之憂而憂，後天下之樂而樂」的精神永垂萬世！利民濟世是仁人志士們的終極目標。捨得——智慧道德

心靈的明燈

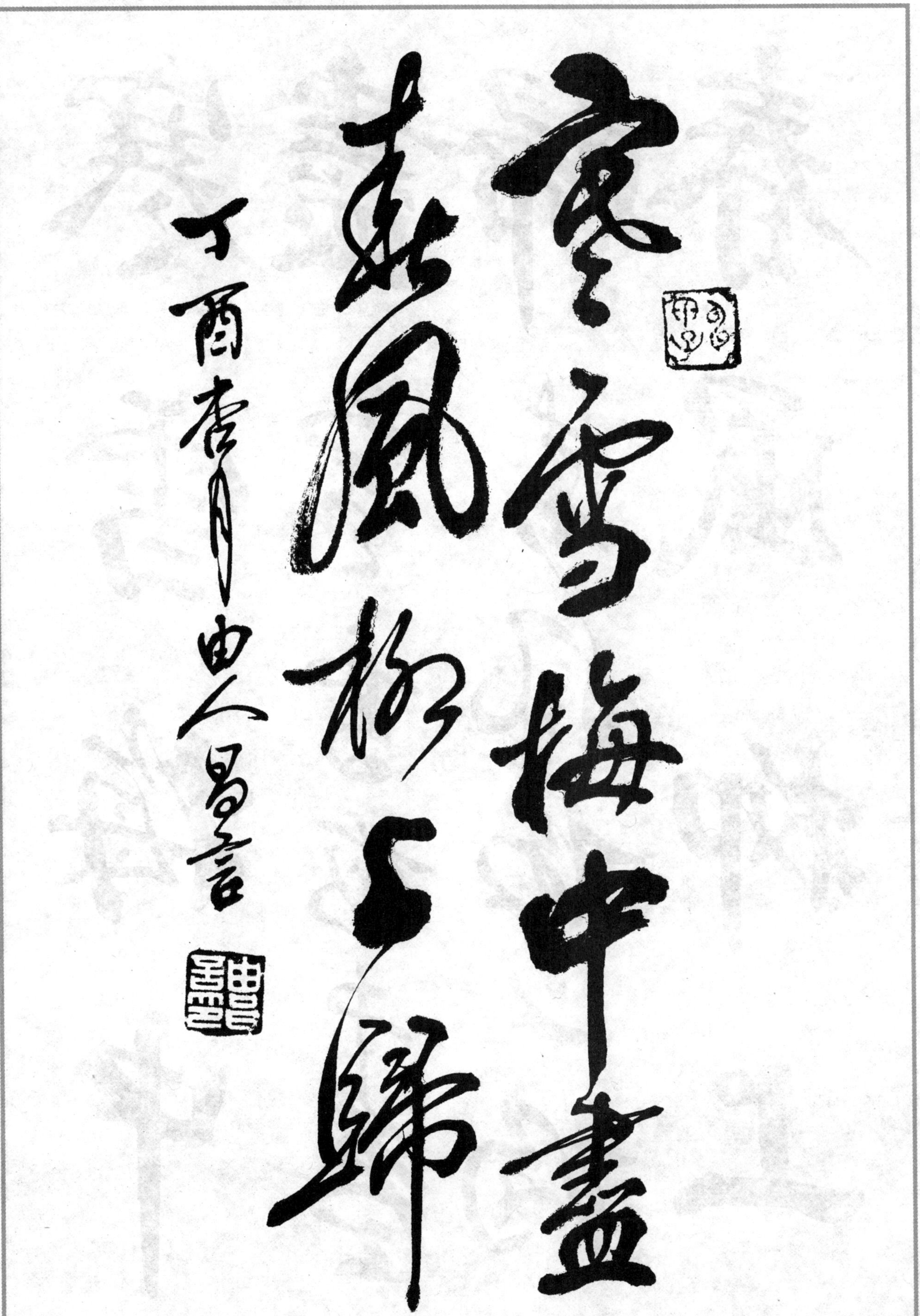
寒雪梅中盡
春風柳上歸
丁酉李由人

寒雪梅中

盡

寒雪梅中盡

歸

春風柳上歸

春風柳上

寒雪梅中盡
春風柳上歸

寒雪梅中盡
春風柳上歸

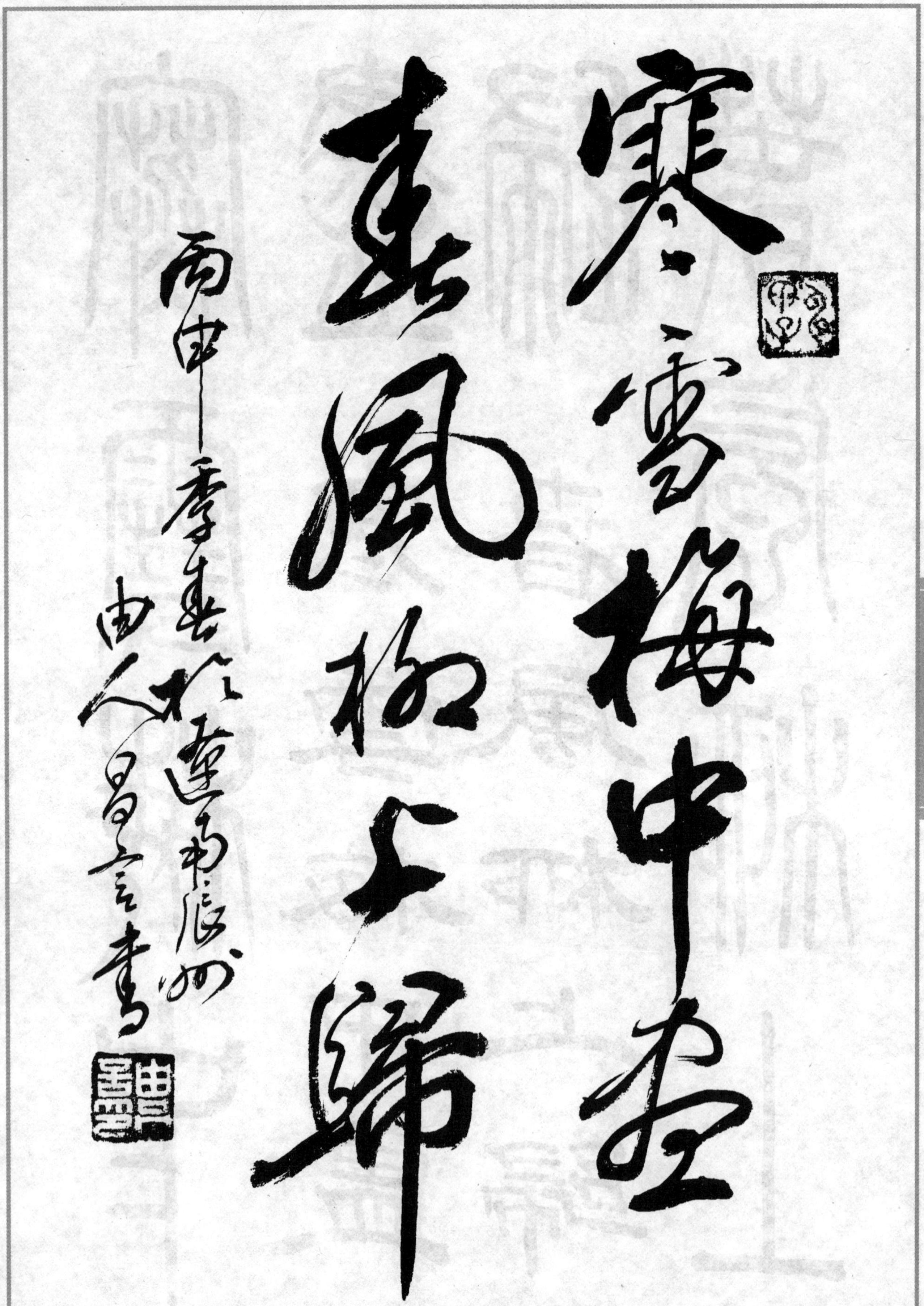
寒雪梅中盡
春風柳上歸

在腊梅的花开花落的过程中，寒雪正在消融，梅在笑迎明媚春天的来临。春姑娘送着轻盈的舞步来到人间。看那柳枝冒芽吐翠，[illegible]向叶。人們對寒雪春柳如此鍾情，總是願意不惜筆墨來描繪歌頌她。在人們的心目中，傲雪的臘梅，在凜冽的寒風里，俏然開放。她既是不畏嚴寒的勇士，又是欣然報春的使者。冬天到了，春天還會遠嗎？春姑娘爲樹枝鑲上寶石般的綠芽，爲大地披上了鮮艷的綠裝。真是樹枝吐翠，大地泛青，春滿人間，萬象更新。此時此刻，誰都會想到的古訓：「一天之計在於晨，一年之計在於春。」

努力吧，朋友，莫等閑白了少年頭，空悲切。（岳飛《滿江紅》）

宋代著名理学家朱熹的《春日》詩云：『勝日尋芳泗水濱，無邊光景一時新。等閑識得東風面，萬紫千紅總是春。』

诗人形象描绘了泗水河滨的景色，热情赞扬了东风催来的伟大功绩。特别是最后一句，千古传诵，誉为经典。既赞美东风恩泽，又对五彩缤纷、芳香四溢大好春光最生动的概括。爱春惜春吧。

雲渡雨東詩世界
水流花放見根源

子简龙己由人昌言書

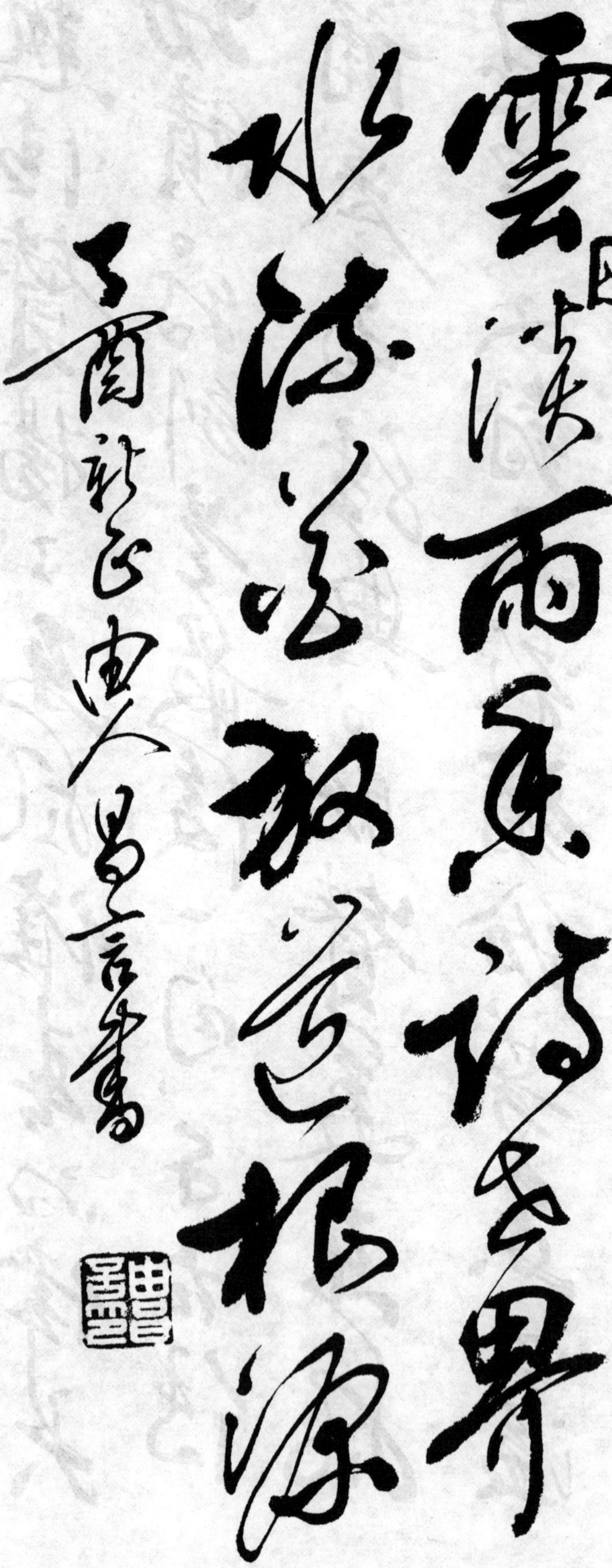

雲淡雨香

詩世界

道根源

水流花放

不道韻云溪

深根色自

茉源墨东

救

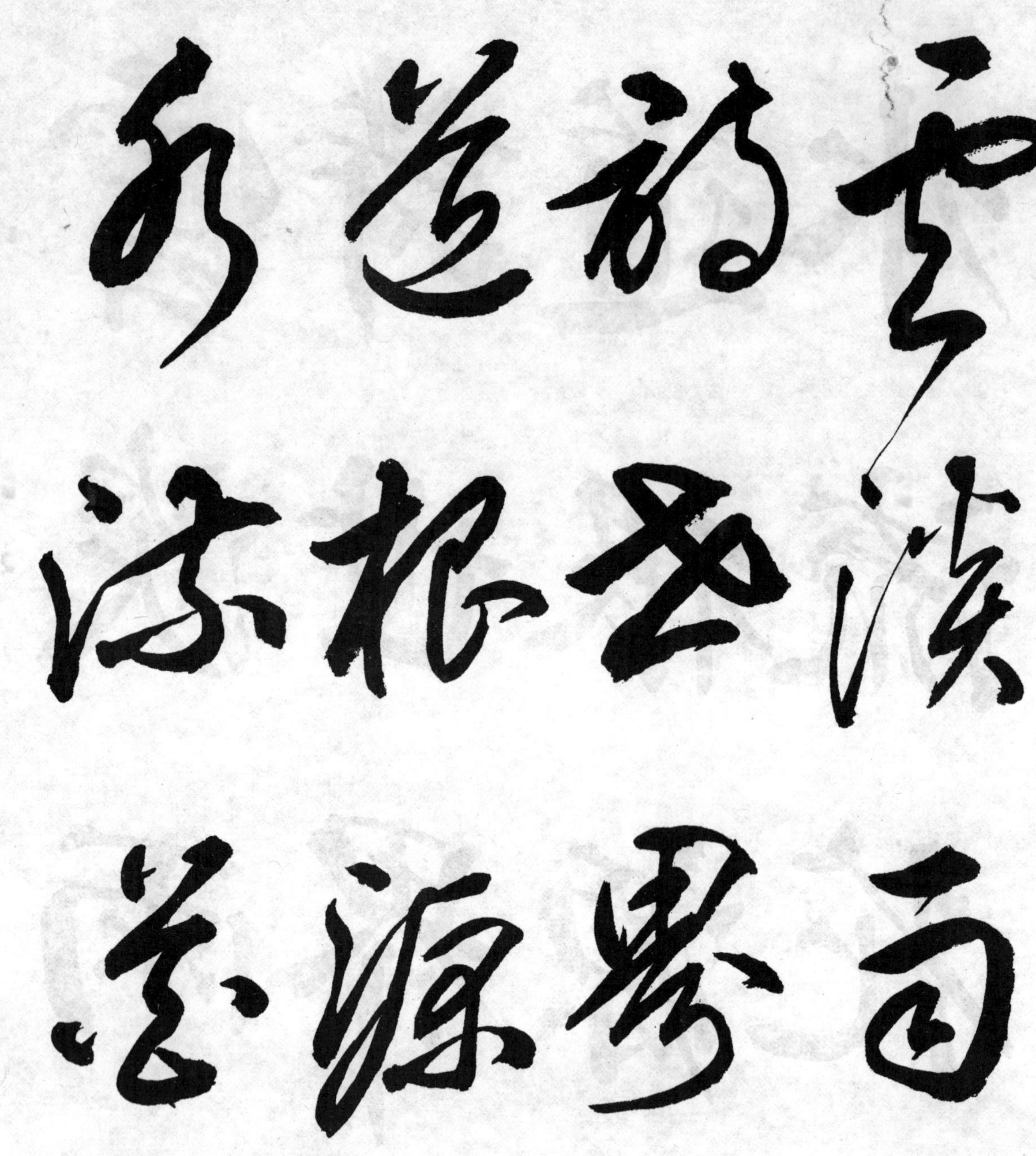

雲淡雨香詩世界

水流花放道根源

雲淡雨香
詩世界
道根源
川流竽放

雲淡雨來
詩世界
道根源
水流花放

上面的一副對聯，反復吟詠，覺有深意，便不揣譾陋，發出如下淺識，仁智不敢當，權作引玉之磚吧。

天上飄着淡淡的雲，像輕輕的輕紗，或東或西，或南或北，或聚或散，或遠或近，變化莫

說，妙趣橫生；雲中降，雨來，
飄飄落於地上，或濺起水
花，或衝起土塵。空氣中散
發着沃土的幽香，沁人心脾。
這情景令人遐想，令人深思。
其中蘊涵着多少回味無窮

的深意，容納多少值得悟徹的哲理。“詩言志”，好詩往往是遣詞曉暢，而意境深邃，含蓄咀華，韻味雋永。這淡雲和香雨自是詩的意蘊，詩的境界了。

水流宛轉，隨方就圓，能高能下，能弱能強，花開花落，生生死死，大道之行，歸於自然。「水鏡不以妍媸殊照，芝蘭不為貴賤異芳」。常理是最公正的，是顛撲不破的。就是這個常理，多少人却不以為然。這流動的水，開放的花，其中隱含了多少理之本，道之根啊！這詩的世界，涉足者可謂是少數，甚至有的人一輩子也不知道詩為何物，因為不懂詩不會影響生計，只能說生活中少了一點情趣而已。但，理之本，道之根，沒有悟懂，那將是人生之大誤。一個人沒有了做人的根本，那必然是生而難活，交遊難久，社交無助。

此时此刻，此情此景，人都难做了，遑谈其他？《菜根谭》中说：『醲肥辛甘非真味，真味只是淡；神奇卓异非至人，至人只是常。』真正的伟人是那些看起来平凡无奇的人。

《莊子·逍遙遊》中說：「至人是無己，神人是無功，聖人是無名」至人能達到忘我的境界，神人是超脫物外，聖人從不去追求名譽和地位。這才是所謂"常人"難於理解的常人哪！！

丙申春曾言

淡泊夜深书有
味图画冬晨
字生真

丁酉春月
由人昌言

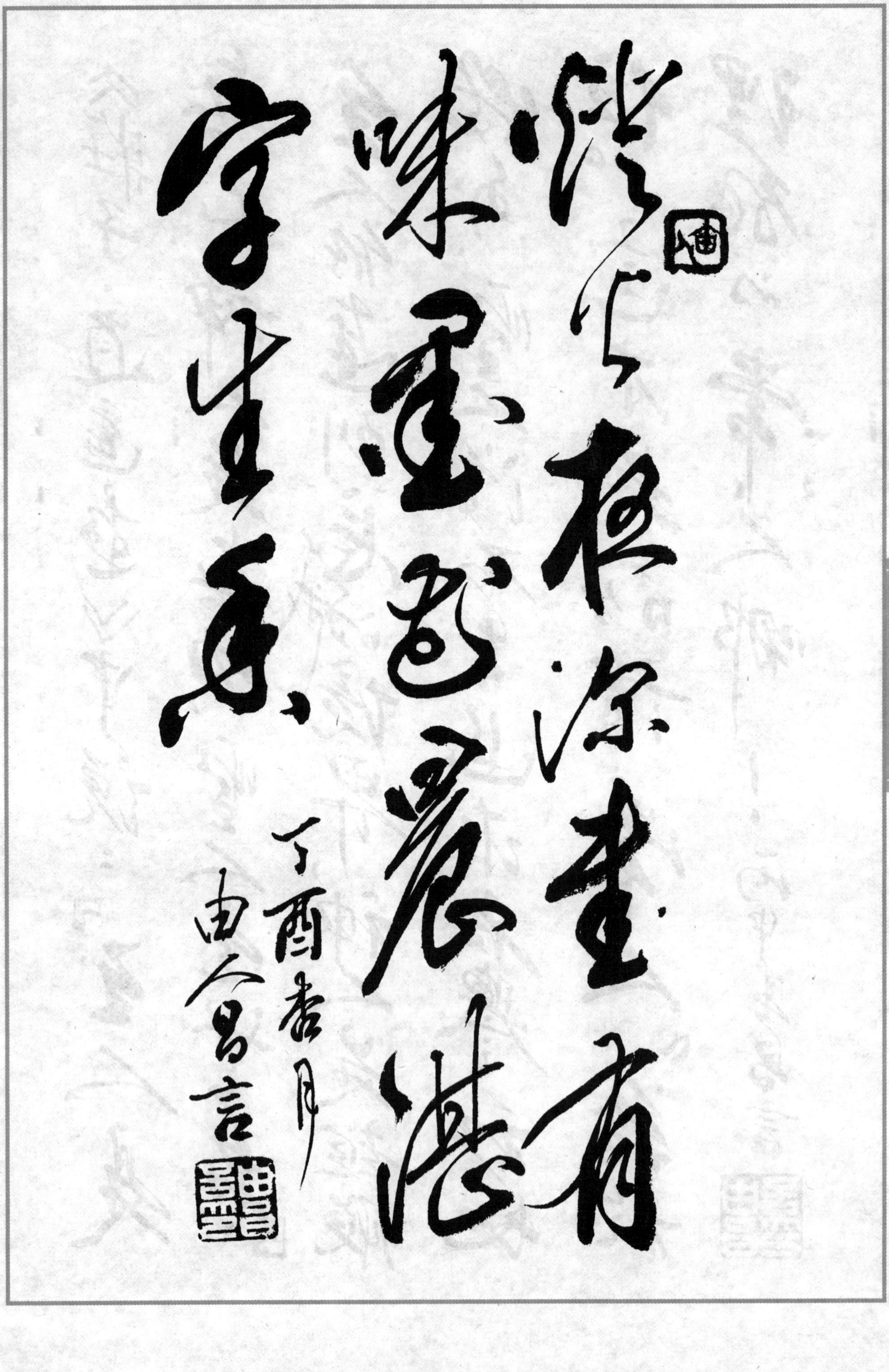

燈火夜深書有味
墨花晨湛字生香

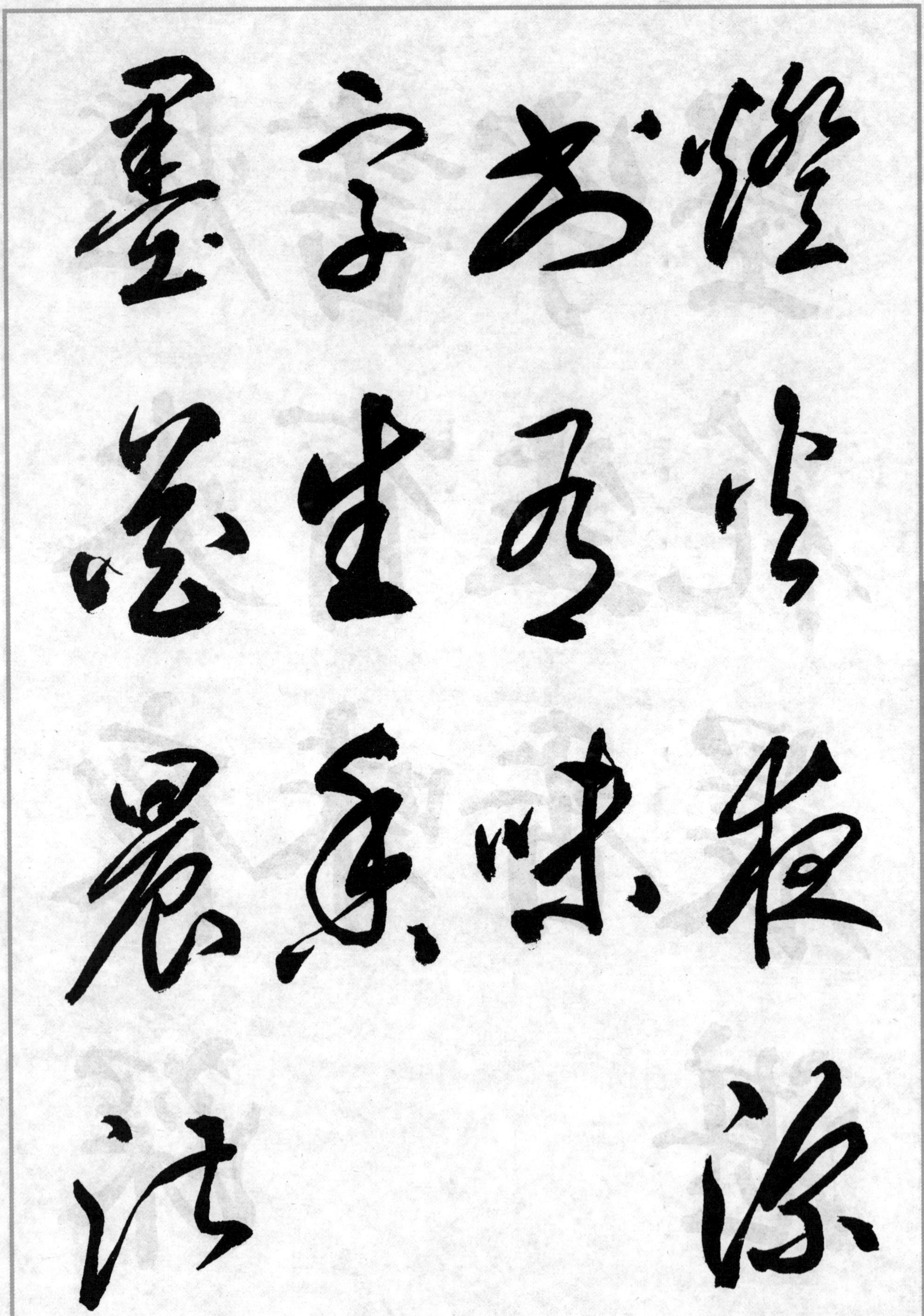

燈火夜深書有味
墨花晨湛字生香

鐙火夜深書有味
字生香墨華晨湛

燈火夜深書有味

墨花晨湛字生香

燈火闌珊，夜深人靜，徜徉於古典文學的書林之中，咀嚼詞品字裡行間的濃郁的韻味；墨花滔滔，晨光熹微，正飽蘸清淳的墨色，揮翰鋪毫，字字散發着詩人的芬芳。這一味一香，皆為勤於苦讀詩書苦練漢字者作了生動的描繪。與「秉燭夜遊」「聞雞起舞」異曲同工。且一聯說得好：

厚積言有物，苦練筆生花

一幅聯語的啟示將惠及一生！

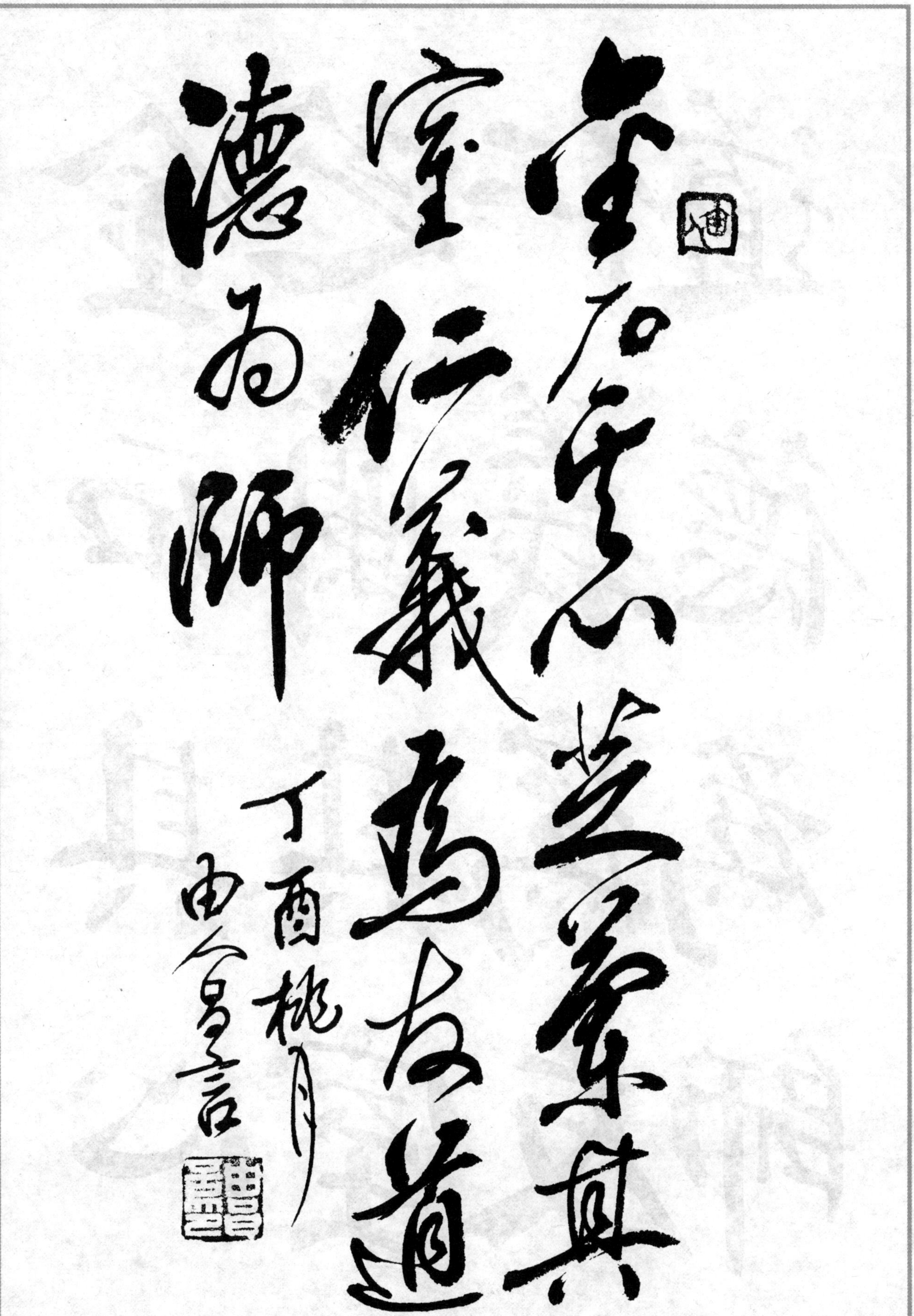
金石为心英华其
室仁义为友道
德为师
丁酉桃月

金石其心
芝蘭其室
仁義爲友
道德爲師

金石其心
芝蘭其室
仁義為友
道德為師

生石安心
学業其室
仁義為友
道德為師

金石其心
芝蘭其室
仁義為友
道德為師

短短四句话，道明了做人处事所追求的境界。第一句是说为人的根本，处事的原则和准度。在《汉书·韩信传》中说：「项王使武涉劝韩信曰：『今足下虽自以为金石交，然後為漢王所擒矣已。這種的金石交，意為交誼深厚，如同堅固的金石。在此的金石為做人的根本不可變。抱素懷樸，安性約身。這做人的根本，有人一輩子也沒有做到。

第二句是說要溫馨的家庭。人們常在家中掛這樣的橫額“馨室春和”，可以想見室内充溢着芝蘭的香氣，生活於春風蕩漾，其樂融融。第三句，明白如話。交仁義之友，擇有德之君子而結。《論語》中提到的"益者三友"是説，擇友須求三益，何為三益？即，友直友諒，友多聞。直者，率真，正直；諒者，誠信，諒解；多聞者，學富見廣，德高望重。顯然，擇

友必以德爲先。《弟子規》的總
序中說：「弟子規，聖人訓。首
孝悌，次謹信，泛愛眾，而親仁，
有餘力，則學文。」還有一副對聯：
志於道，據於德，依於仁，而後游於藝；
修其身，齊其家，治其國，必先正其心。
至理名言也！

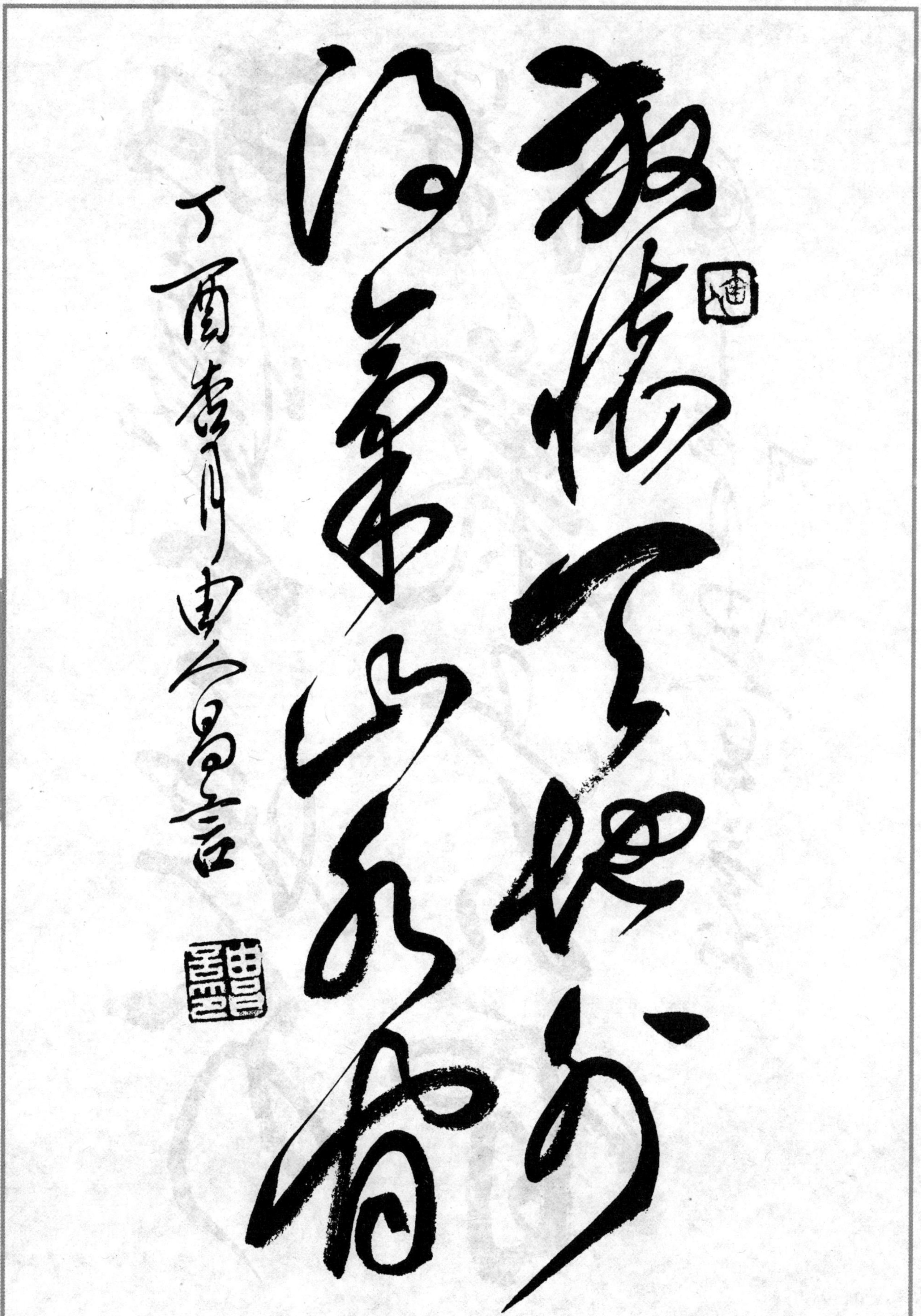

放懷天地外
得氣山水間

放懷天地外
得氣山水間

放懷天地
外放懷天地外
閒得氣山水閒
得氣山水

一個人能放懷天地，得山水之靈氣，定會大徹大悟，勇往直前。孟子說：「孔子登東山而小天下。」人生何難之有？這是積極的入世態度，另一種是出世之意。

寄情于山水之间，清静无为而不染尘世，甚至有的是愤世嫉俗而遁入，其实，只不过是逃避现实而已。《菜根谭》道篇第七十六条中说：「当雪夜月天，心境便肃然澄澈，遇惠風和氣，意思亦自中節。造化人心，混合無間。這正是師法自然，融合自然。在菜根譚第七十九章說得更清楚：「無風月花柳不成造化，無情欲嗜好不成心體。只以我轉物，不以物役家，则常能葆有童稚，历情而是理境。就是说，大地如果没有清风明月秋花等树木，就永远不成大自然；人类如果没有感情欲望及生活情者，好就不成真正的人。一个以我们操縱萬物，絕不可讓物來奴役自己。要作主宰而不是奴隶。刘勰在《文心雕龍》中談到「觀山則情满於山，觀海則意溢於海」。是啊！得山水清氣，極天地大觀，何樂而不為了。

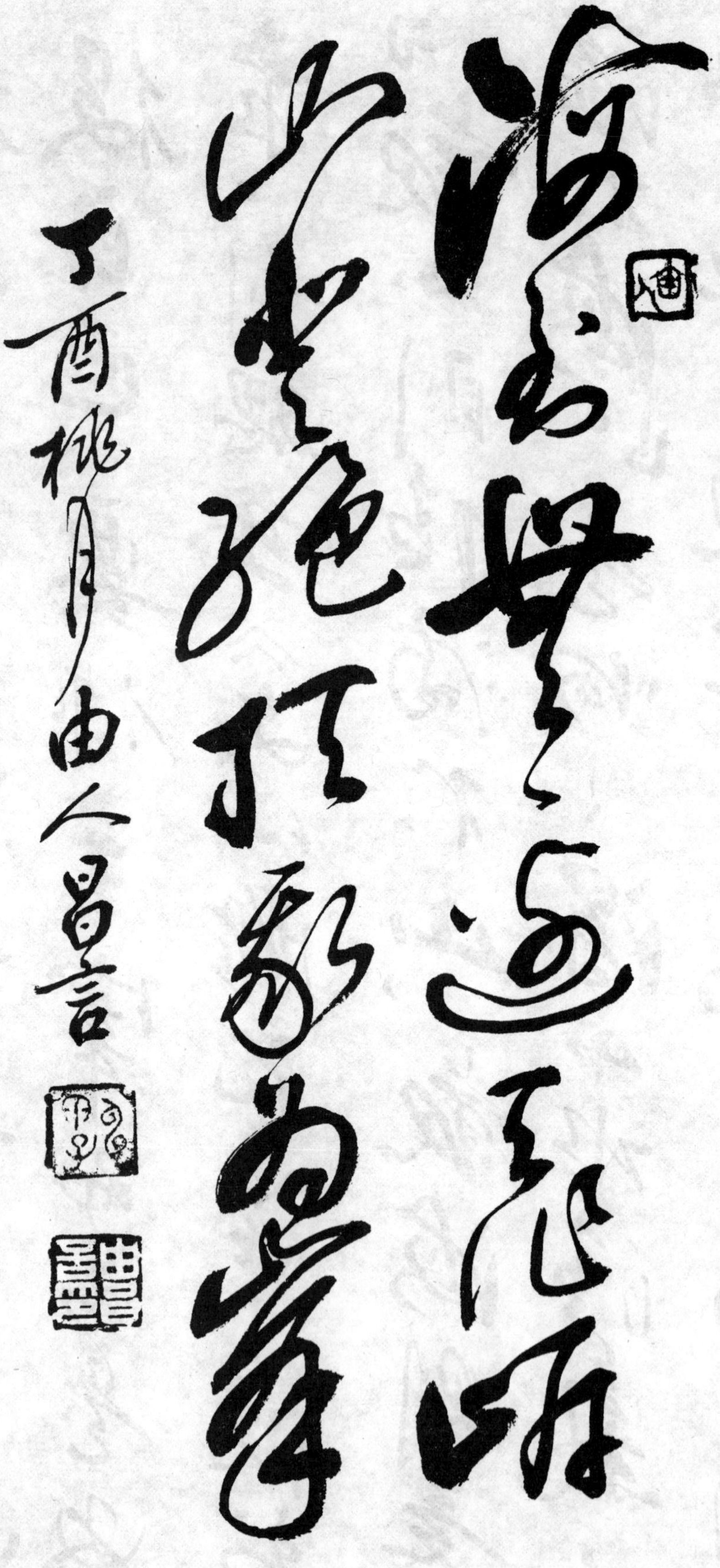
丁酉桃月由人昌言

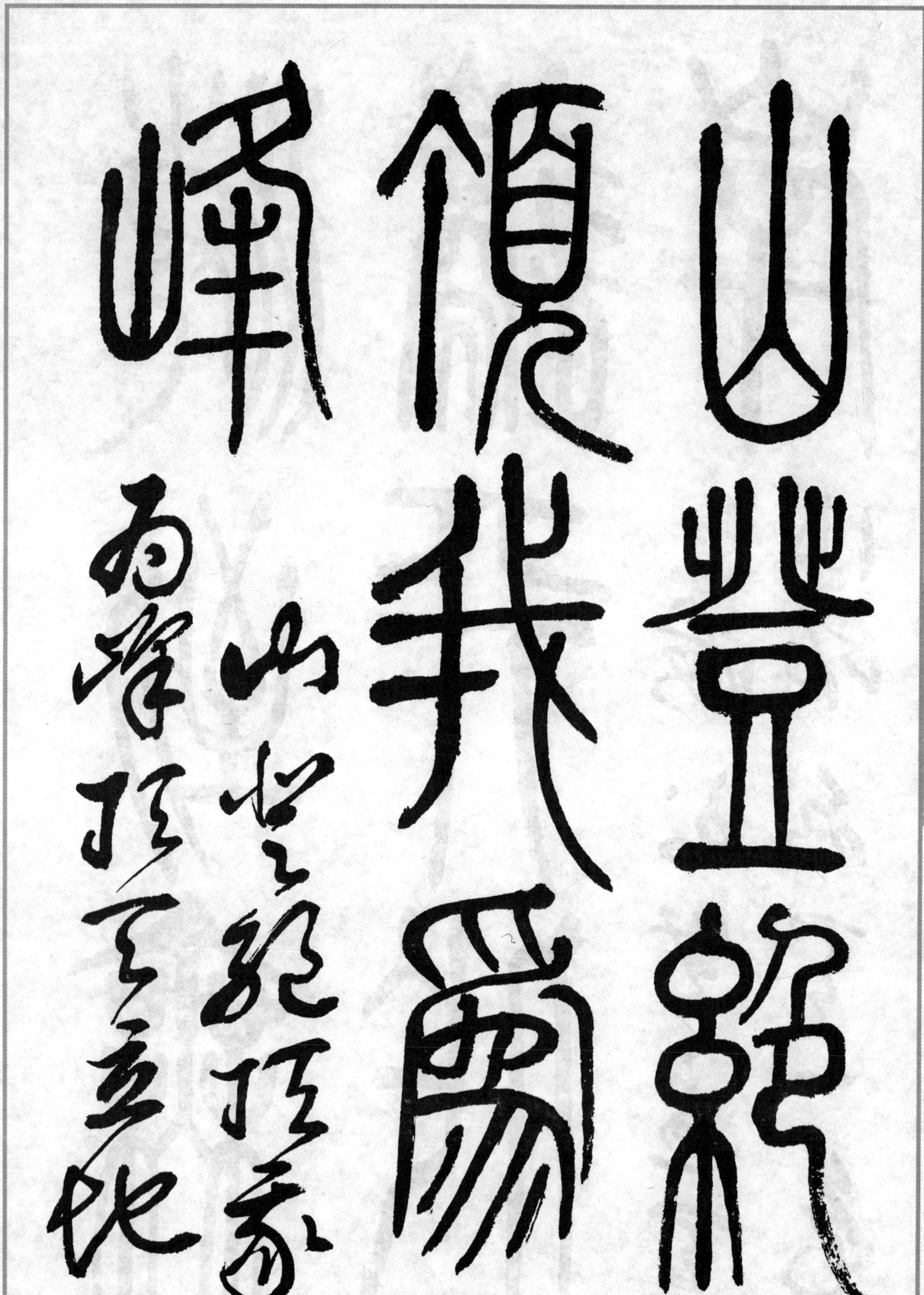
山登絕頂我為峰

海到無邊天作岸

海到無邊天作岸水天一色

山登絕
頂我爲
峰山
登絕頂我
爲峰頂天立地

海到無邊天作岸，
山登絕頂我為峰。

清末林則徐幼年時代，曾與師友出遊。至閩江口登高遠望，見海天

相接、蔚為壯觀。師出上
聯、林對下聯。對仗工允，
意境宏大、堪為絕對。
汪洋大海、浩瀚無邊。
放眼大海的盡頭、只見

與天接，所謂水天一色
景也。在人們的想像中，
大海的盡頭也只能是天
作了。上聯出得自然，絕
而寫來。當然，用浩渺、遼
闊、曠遠等詞來描繪都

不為過。而作者只抓住了天連水、秋連天這一特色。也給讀者留下想像的空間，餘味不盡。但讀到下聯，你會頓時為之拍案叫絕。可以想見當你登上絕頂，此時此刻你不就是天地之間一巨人嗎?你不就是頂天立地一英雄嗎!你可喝令三山五嶽匯聚騰,你可呼風喚雨,戴雲披霞。何等的威武,何等的氣魄!詩言志。一位老者曾這樣讀之「非常之人必有非常之才，有非常之才，始成非常之業。」己是唐也不以說，能為非常之人，方能出此非常之語。由此我想到了毛澤東少年時曾寫過一首《咏蛙》詩，用以抒发自己的心志：獨坐池塘如虎踞，綠蔭樹下養精神。春來我不先开口，哪個蟲兒敢作聲。

這喻之妙，氣之壯，再無出其右者。

丙申春曹言

漢賦兼若品唐詩
詞儒梅溪濤書

丁酉桃月由人書言

漫飲香茗
品唐句
讀漢書
細嚼梅花

湯館集君
然庵句
讀漢書
細嚼梅花

淨飲香茗品唐句

細嚼梅花讀漢書

漫飲香茗
品唐句
讀漢書
細嚼梅花

漫飲香茗品唐句
細嚼梅花讀漢書

安逸工餘飯後約三五知己，聚首山村小院，沏上一壺淡茶，品香茗讀唐詩，茶味詩韻，交融於心。賞詩仙李白曠達豪邁之浪漫之懷詩聖杜甫憂國憂民之情神覽王維詩情畫意之田園風光之情王之渙大徹大悟之人生哲理。每每品讀都會是情操的陶冶、精神的昇華。梅花是傲

一氣斗雪的勇士，也是傲立
云之崖叢營迎新的報春者。
咀華品性，拜讀洋書，精
彩代之醉，暫知大槐之流
茶。通明格理，安為飾身，
何樂而不為？

甲午孟夏書　由人昌言

筆醉墨香意未動，文采劍氣霧裏豪

丁酉桃月 由昌書

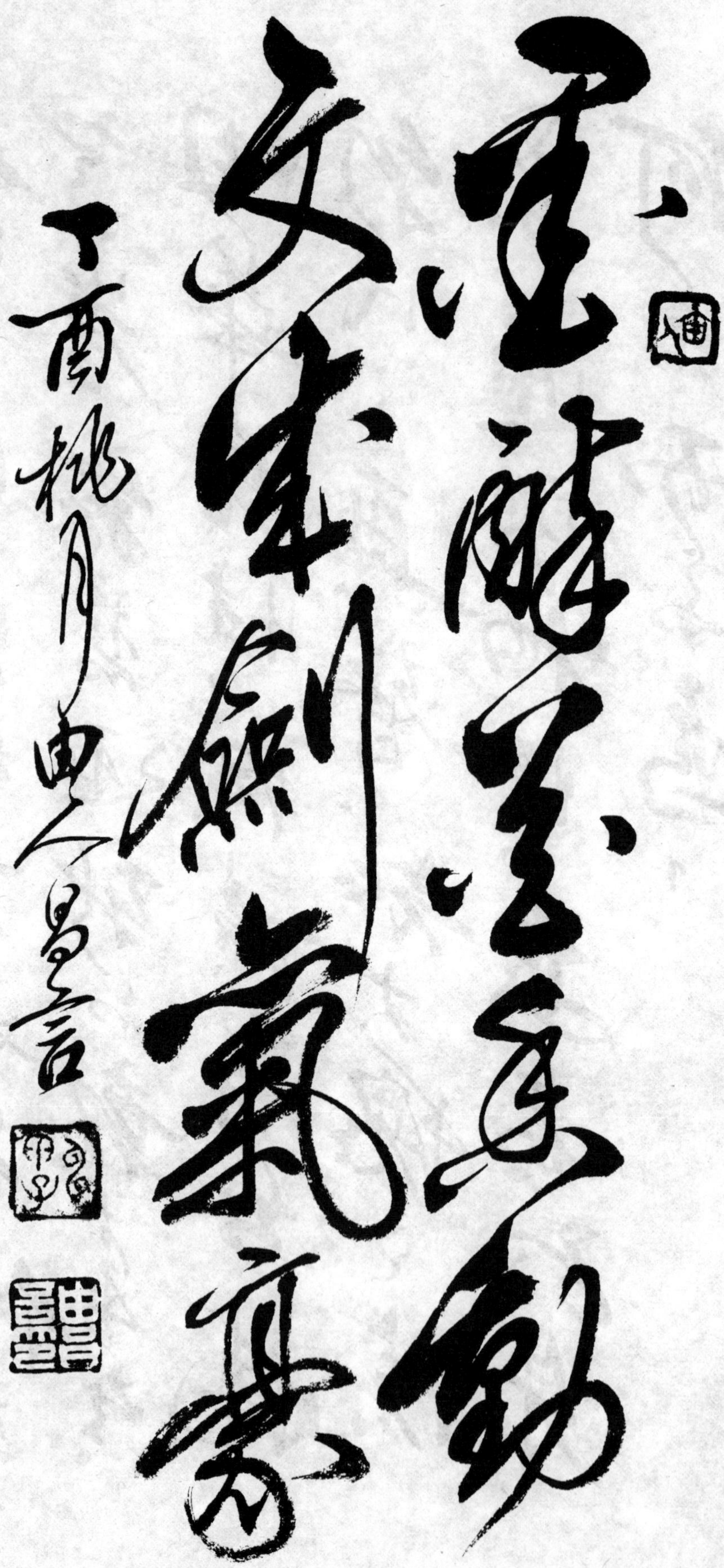

墨花飞动，文采神气豪

丙申榴月由人昌云

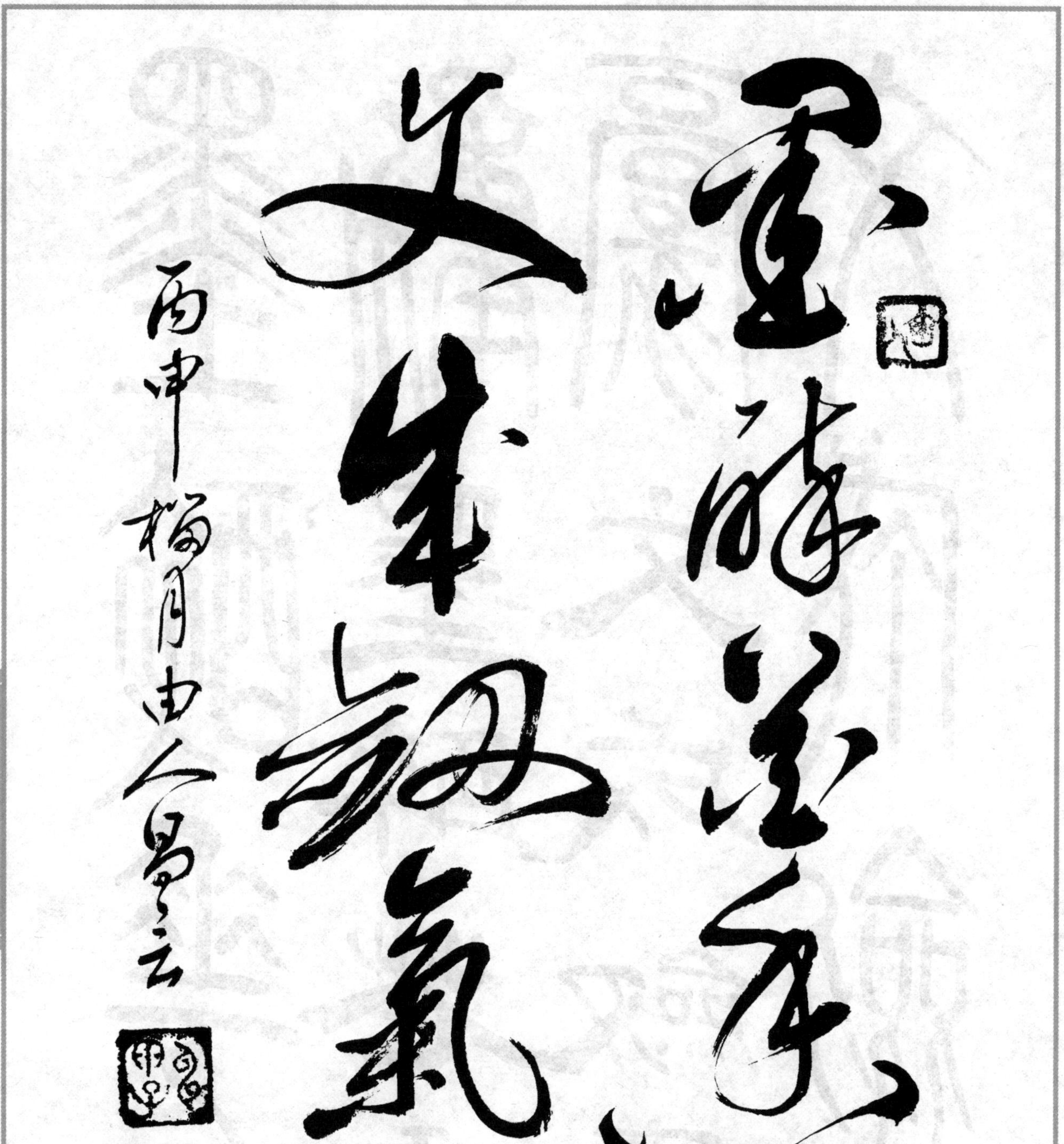

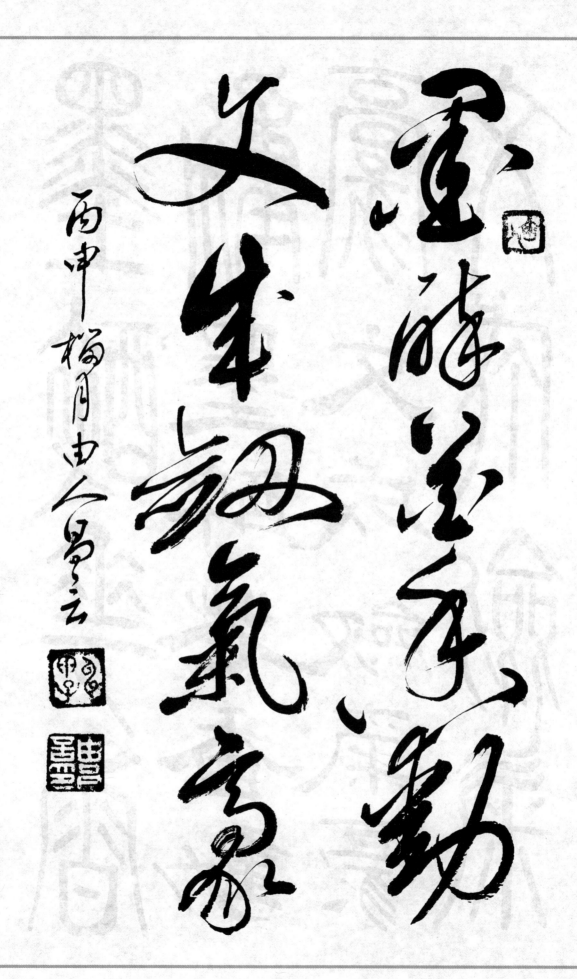

墨酣筆生春
動墨醉花香動
毫文成斂氣豪
文成斂氣

墨醉花香動

文成劍氣豪

墨醉花香動

文成劍氣豪

聯是說癡迷於書法藝術之人，在潑墨揮毫之際，筆筆宛如花朵一樣，詳盡其旨，令人陶醉；下聯是說文章寫成之時，其豪邁之氣勢，宛如利劍出鞘，寒光奪目，咄咄逼人！實乃既抒情又壯懷的一幅佳聯。

丙申仲夏 由人書言

聽竹影摇書案上
山泉聲入硯池中
丁酉春月

窗竹影搖
書案上
硯池中
山泉聲入

画似影摇
书案上
砚池中
山气声入

牕竹影搖
書案上
硯池中
山泉聲入

窗竹影搖書案上
山泉聲入硯池中

窗竹影摇書案上
山泉聲入硯池中

這是多麽安謐恬靜的環境啊！！住落在山麓的茅書草屋主人正在習字。

窗外的修竹，隨風搖曳，竹影透過窗紗，拂映在書桌上，橫橫斜斜、曲曲直直，仿彿是與畫家筆會爭美。遠遠處山谷中的清泉流動的聲音，悅耳的聲音，像在為我伴奏，而我揮灑自如此書寫平添了兩岸秋情趣。僅僅十四個字，人、物、景、情，躍然紙上。書畫同道們，反復吟誦此聯，可有同感？

丙申春月由人書言

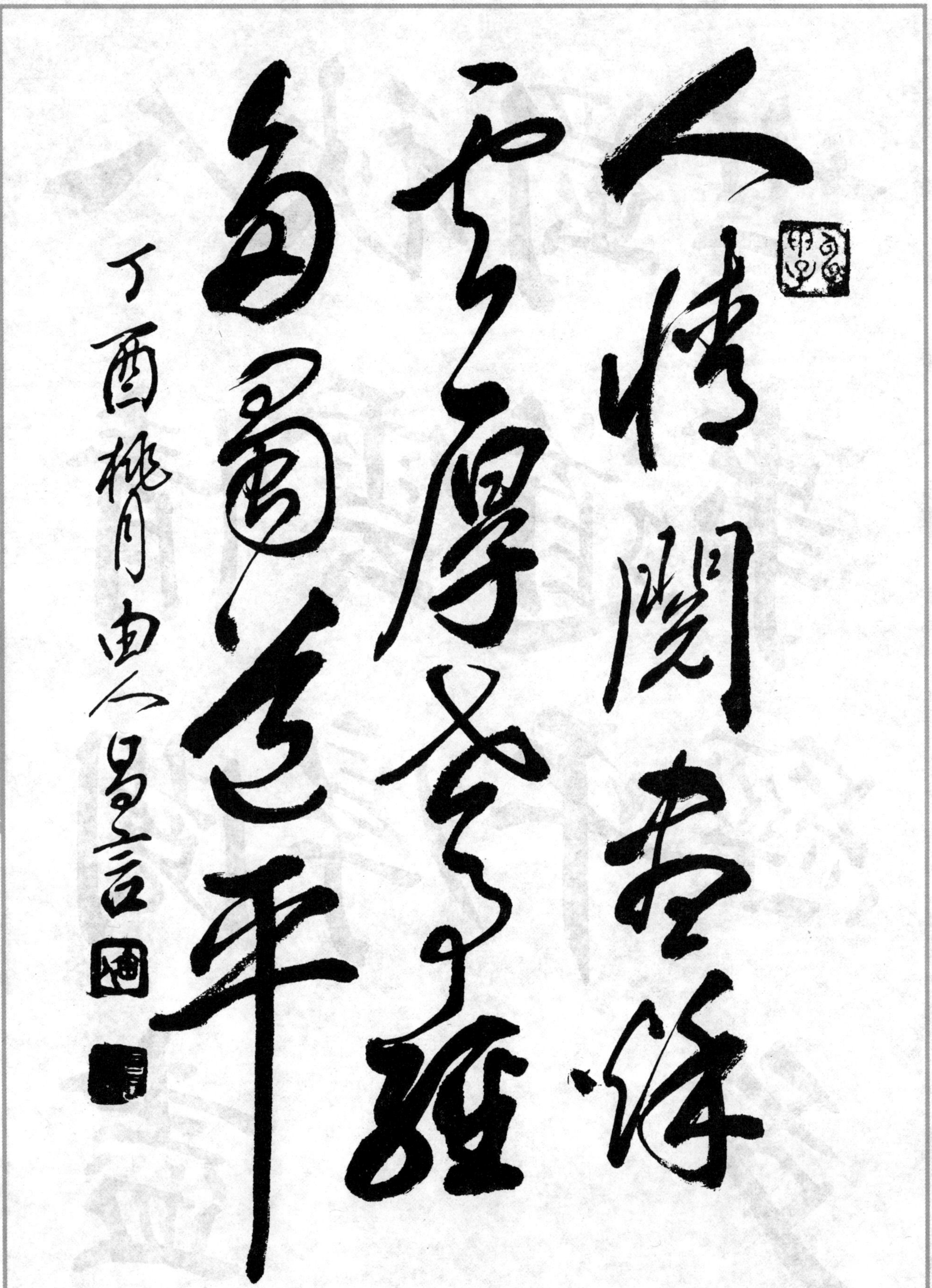

人情閒盡
秋雲停
蜀道平
世事經多

人情冤杖

秋雲厚

昌道乎

去予短鳥

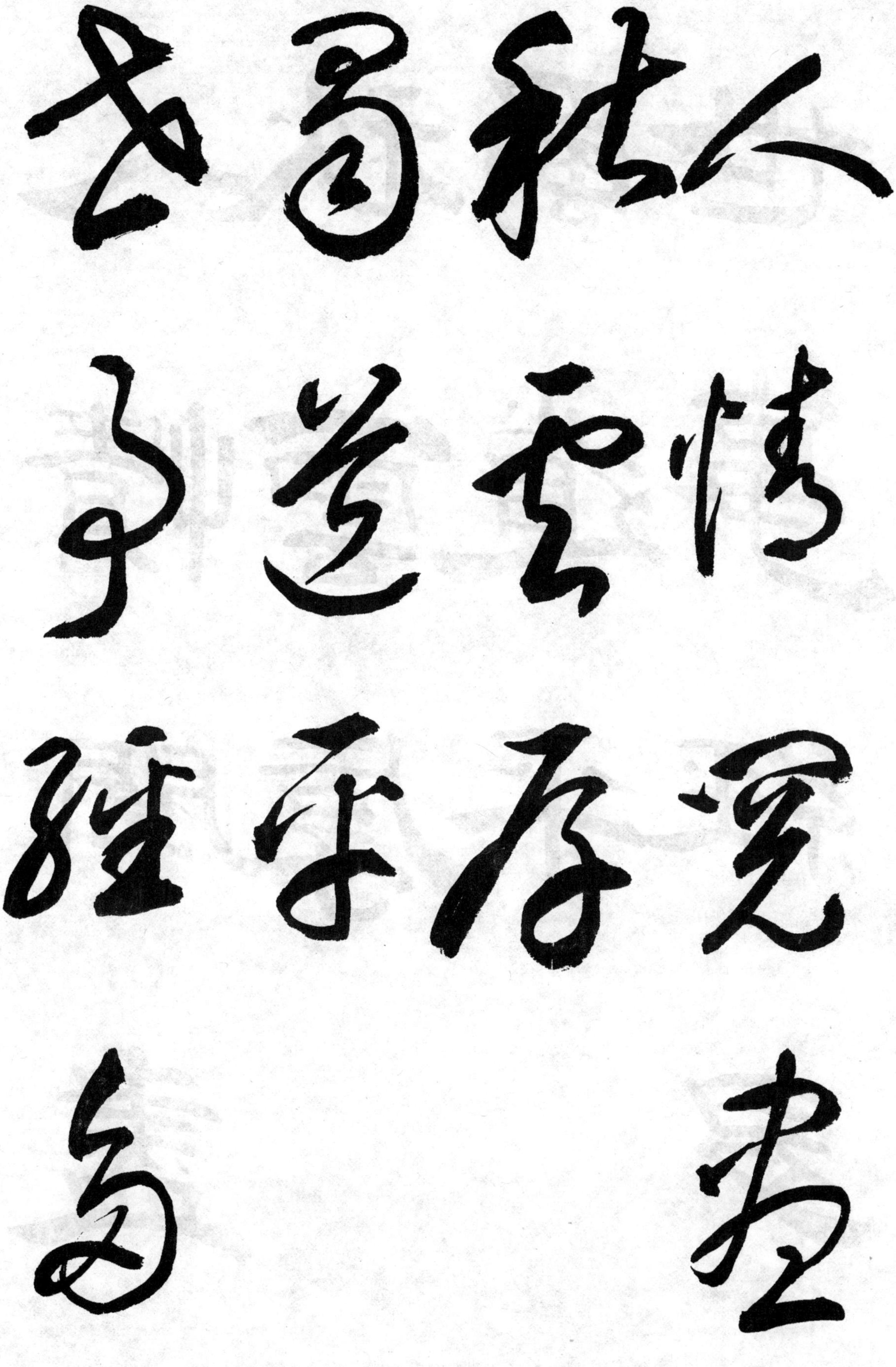

人情閱盡秋雲厚蜀道平世事經多

人情閱盡秋雲厚
世事經多蜀道平

人情閲盡秋雲厚
世事經多蜀道平

這里所說的秋雲和蜀道，是用做喻體的。秋高氣爽，雲似薄紗，是極言一個薄字；蜀道之難，難於上青天，是極言一個難字。但如果把人情这本书阅尽了，那么薄的如蝉纱的秋云也能觉得厚了。言外之意，如同经历沧桑的人情也会觉得笃厚淳深了。如果世间之事，经历得多了，那么即使是难于上青天的蜀道，也只以为是便于行走的坦途了。语句極平平實易懂，但平中的深意是人們往往要用一生才會漸漸悟徹，甚至有的一生也未明白。這代價也太昂貴了。如能在而立之年即能明白，人生在世，接觸到的人和事都視為不可多得的緣分，人人相與，必然時時處處存着戒心，只管坦坦蕩蕩，融融洽洽，其樂定然無窮盡矣。正如《菜根譚》中所說：「心無風濤，隨在皆青山綠水；性有化育（養良德性），觸處見魚躍鳶飛」。如意、吉祥、和諧、圓滿，人生追求呀！

筆走墨韻

善和智谦

善和智謙

行善比作惡明智

溫和比暴戾安全

理智比瘋狂適宜

謙遜比傲慢舒心

【原文】

行善比作恶明智，
温和比暴戾安全，
理智比疯狂适宜，
谦逊比傲慢舒心。

崇德尚义

人生在世當首以崇德爲本爲如高樓之於根基也

人之相與必先以尚義為重有如葵藿之於驕陽也

【原文】

人生在世当首以崇德为本，有如高楼之于根基也；人之相与必先以尚义为重，有如万物之于骄阳也。

能為非常之人必有非常之才有非常之才始成非常之業彼季子刺股後為六國相司馬題橋終跨乘高車班超投筆果封萬戶侯張良遇恩卒成漢世業此四君豈

二穀豈大丈夫哉況吾人讀書雖不敢言囊稱饒裕亦不如家索清貧衣食有資修經不困較諸掛角讀書牧豕聽經當何如也小孫與義如同堂為學南北距五千里之遙

闕班萃一堂之上善則相勸過則相規交非浮泛誼切同胞今值南旋凛凛而别後會之期在何時也吾無黃金萬鎰鈿球千擬錯贈周生僅具片語以作紀念云爾

右文為周恩来少年時代由瀋至津就讀中學時，其義祖父為姓其將寫的臨別贈言。字字擲地有聲，的的語重心長。特錄於此，以勵後昆。

丙申暢月由人昌言敬録

【原文】

能为非常之人，必有非常之才；有非常之才，始成非常之业。彼季子刺股，后为六国相；司马题桥，终能乘高车；班超投笔，果封万户侯；张良坚忍，卒成汉世业。此四君者，岂不毅然大丈夫哉！况吾人读书，虽不敢言囊称饶裕，亦不如家索清贫，衣食有资，修经不困，较诸挂角读书、牧豕听经，当何如也？小孙与义孙同堂为学，南北距五千里之遥，开班萃一堂之上，善则相劝，过则相规，交非浮泛，谊切同胞。今值南旋，洒泪而别。后会之期，在何时也！吾无黄金万镒、镏铢千提，馈赆周生；仅具片语，以作纪念云尔。

蘇軾詞 定風波

詞前序：三月七日沙湖道中遇雨，雨具先去，同行皆狼狽，余獨不覺。已而遂晴，故作此詞

莫聽穿林打
葉聲何妨吟
嘯且徐行竹

杖芒鞋輕勝馬誰怕一蓑烟雨任平生料峭春風吹

酒醒微冷山
頭斜照却相
迎回首向来
蕭瑟處歸去

也無風雨也無晴

作品写於元豐五年(1082)三月，這时作者被貶至黄州已整整两年了。他託人在沙湖（湖北黄岡）買了一些土地，將自墾植。序中所云沙湖道中遇雨，即是作者去沙湖看新買的土地。

〈释意如上〉

這是一陣好大的穿林打葉的風雨呀！鋪天蓋地而來。但作者卻視而不見、聽而不聞、依然徐步而行，從容吟嘯。你看他，拄着竹杖，穿着草鞋，在雨中行走，卻說這比騎馬還要自在呢！（他這一生，從不畏懼一切打擊，不管是政治風浪，還是生活的艱辛，他從來低過頭。拘管在海南的時候，他就曾經頭頂大瓢，冒雨行歌於田間）所以他在詞中堅定而豪放地說：「誰怕，一蓑烟雨任平生」。這一句恰是他一生處世態度的總概括。冬季的餘威未去，所以春寒料峭，春風吹起使人仍感到一絲涼意。此時雨住了，雲薄了，遙望山頭有幾縷斜陽的光照（這天氣變化的過程，似乎暗喻着人生的歷程）。而此作者回首向走過來的地方，雖然還是了風雨，但也沒有完全放晴。
這樣的結尾，餘音未盡，太耐人尋味了。這難道不是向人們托出了一個令人深思的人生哲理嗎？人生道路總對不可能一帆風順，風平浪靜，無風無雨，萬里晴空。讓我們直面人生，挑戰人生，享受人生吧！

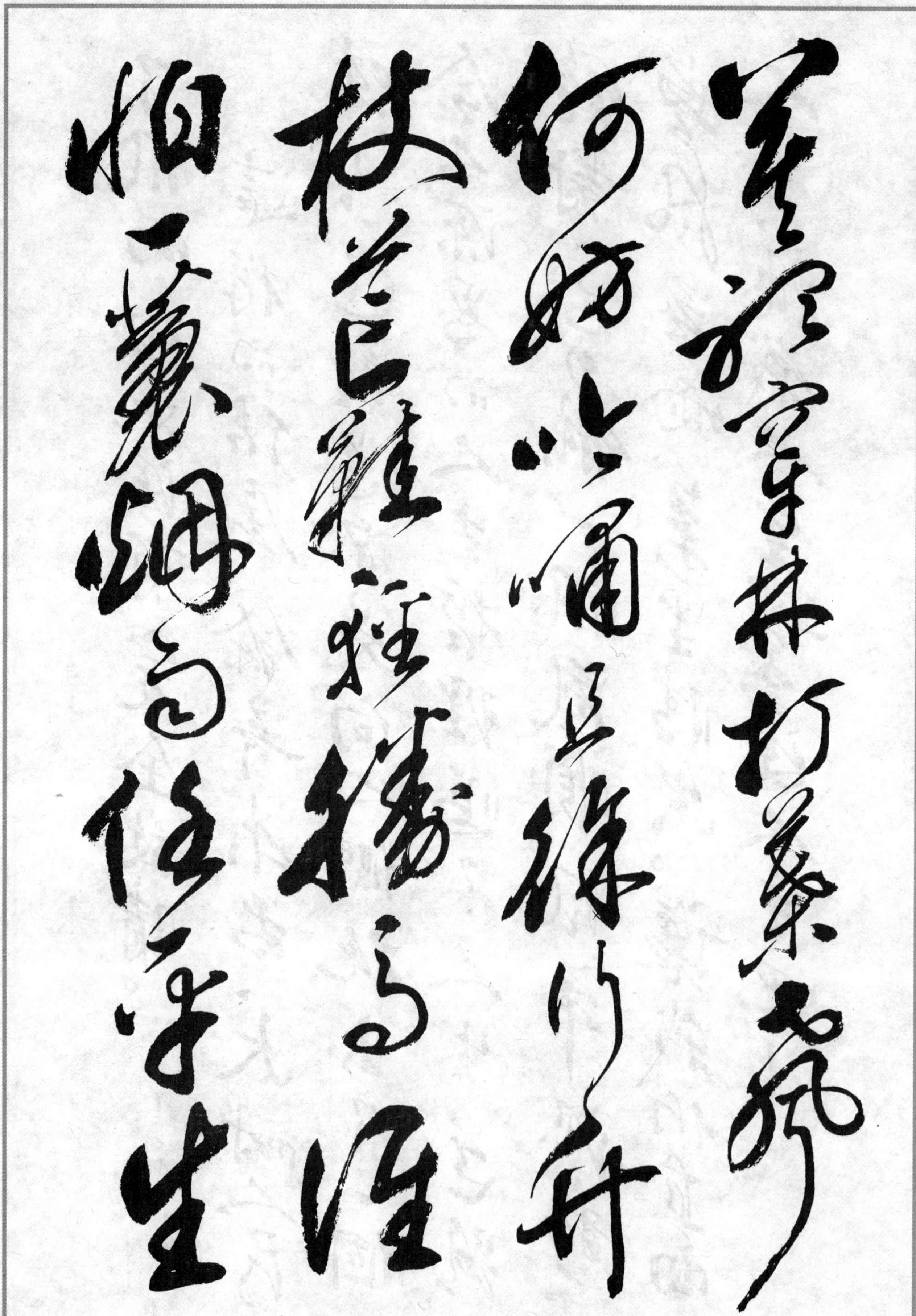
莫聽穿林打葉聲
何妨吟嘯且徐行竹
杖芒鞋輕勝馬誰
怕一蓑煙雨任平生

料峭春风吹酒醒微
冷山头斜照却相迎
回首向来萧瑟处
归去也无风雨

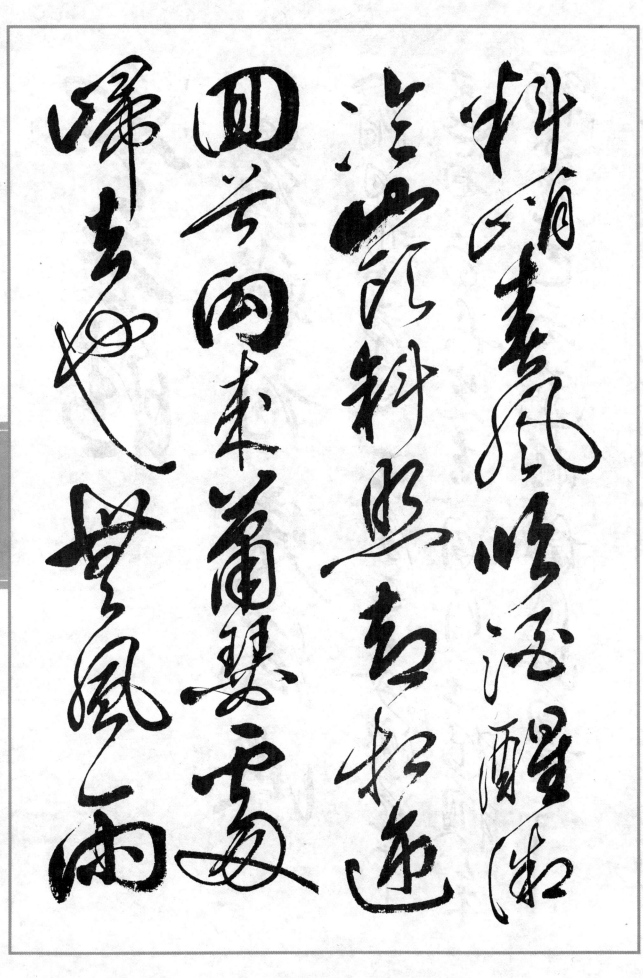

也无晴

苏轼词定风波

《附词前小序》三月七日沙湖道中遇雨，雨具先去，同行皆狼狈，余独不觉。已而遂晴，故作此词。

【原文】

莫听穿林打叶声，

何妨吟啸且徐行。

竹杖芒鞋轻胜马，谁怕？

一蓑烟雨任平生。

料峭春风吹酒醒，微冷，

山头斜照却相迎。

回首向来萧瑟处，归去，

也无风雨也无晴。

苏轼《念奴娇·赤壁怀古》

石穿空驚濤拍岸
捲起千堆雪江山
如畫一時多少豪
傑遥想公瑾當年

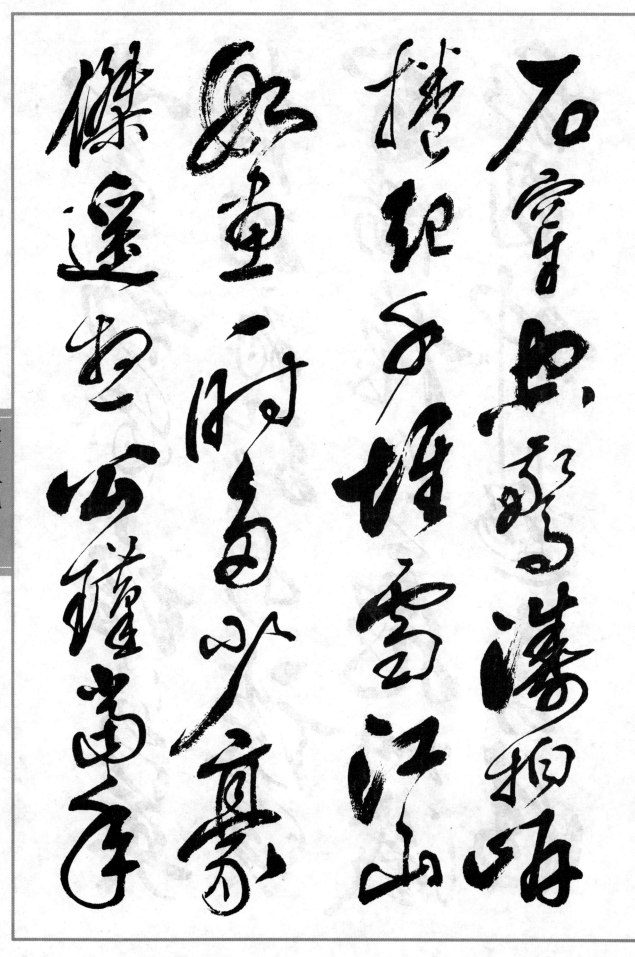

小乔初嫁了雄姿英
发羽扇纶巾谈笑
间樯橹灰飞烟灭
故国神游多情

應笑我早生華髮人生如夢一樽還酹江月

蘇軾詞念奴嬌 丙申陽月昌言

大江東去浪淘盡千古
風流人物故壘西邊人
道是三國周郎赤壁亂
石穿空驚濤拍岸捲起
千堆雪江山如畫一時
多少豪傑遙想公瑾當

年小喬初嫁了雄姿英
發羽扇綸巾談笑間檣
櫓灰飛烟滅故國神遊
多情應咲我早生華髮
人生如夢一樽還酹江
月蘇軾詞赤壁懷古

【原文】

大江东去，浪淘尽，千古风流人物。
故垒西边，人道是，三国周郎赤壁。
乱石穿空，惊涛拍岸，卷起千堆雪。
江山如画，一时多少豪杰。
遥想公瑾当年，小乔初嫁了，雄姿英发。
羽扇纶巾，谈笑间，樯橹灰飞烟灭。
故国神游，多情应笑我，早生华发。
人生如梦，一尊还酹江月。

蘭亭集序
永和九年歲在癸丑暮
春之初會於會稽山陰之
蘭亭脩禊事也群賢
畢至少長咸集此地
有崇山峻嶺茂林修竹

又有清流激湍映帶左
右引以為流觴曲水列
坐其次雖無絲竹管弦之
盛一觴一詠亦足以暢敘
幽情是日也天朗氣
清惠風和暢仰觀宇

宙之大俯察品類之盛
所以遊目騁懷足以極
視聽之娛信可樂也
夫人之相與俯仰一世
或取諸懷抱悟言一室
之內或因寄所託放

浪形骸之外雖趣捨萬
殊靜躁不同當其欣於
所遇暫得於己快然
自足曾不知老之將
至及其所之既惓情

隨事遷感慨係之矣
向之所欣俛仰之間已
為陳迹猶不能不以之
興懷況修短隨化終期
於盡古人云死生亦大

矣岂不痛哉每覽昔
人興感之由若合一契
未嘗不臨文嗟悼不能
喻之於懷固知一死生為
虛誕齊彭殤為妄作
後之視今亦猶今之視

昔悲夫故列敘時人錄
其所述雖世殊事異
所以興懷其致一也
後之覽者亦將有感
於斯文

王羲之《蘭亭序》释文

永和九年，岁在癸丑，暮春之初，
会于会稽山阴之兰亭，修禊事也。
群贤毕至，少长咸集。此地有崇
山峻岭，茂林修竹；又有清流激湍，
映带左右，引以为流觞曲水，列坐其次。
虽无丝竹管弦之盛，一觞一咏，亦足以
畅叙幽情。是日也，天朗气清，惠风和畅，

仰观宇宙之大，俯察品类之盛，所以
游目骋怀，足以极视听之娱，信可乐
也。夫人之相与，俯仰一世，或取诸
怀抱，晤言一室之内；或因寄所托，放
浪形骸之外。虽趣舍万殊，静躁不
同，当其欣于所遇，暂得于己，快然
自足，曾不知老之将至。及其所之
既倦，情随事迁，感慨系之矣。向之所

欣，俯仰之间，已为陈迹，犹不能不以之
兴怀。况修短随化，终期于尽。古人云：
死生亦大矣，岂不痛哉！每览昔人
兴感之由，若合一契，未尝不临文嗟
悼，不能喻之于怀。固知一死生为虚
诞，齐彭殇为妄作，后之视今，亦
犹今之视昔。悲夫！故列叙时人，录其
所述，虽世殊事异，所以兴怀，其致

一也。后之览者亦将有感于斯文

本文生动记叙了兰亭集会的盛况，抒发了作者对人生的感叹。全文分两部分。前一部分叙写兰亭宴集的情景。是写实，以乐字为基调，良辰、美景、赏心、乐事四美齐臻。笔势从容沉稳，格调清詩經雅，所謂"樂而不淫"。後一部分，承上文之歡樂情致引發出一種世事難料的蒼涼和人生短暫的感慨，是虛寫，以悲字為基調，作者將這傷之思的產生，寫得迴環曲折，感動人心，而最後在當時盛行的"一死生""齊彭殤"的老莊哲學觀點的批判中又透露出對生活的熱愛，所謂悲而不怨”。
本文虽然多用骈偶句式，却不
拘滞呆板。文笔流畅洒脱，
华辞富于感情。
上文的译析，是采用秦旭卿
等注译的由花城出版社出版的新注今
译中国古典名著丛书《古文观止》注译

【原文】

永和九年，岁在癸丑，暮春之初，会于会稽山阴之兰亭，修禊事也。群贤毕至，少长咸集。此地有崇山峻岭，茂林修竹；又有清流激湍，映带左右，引以为流觞曲水，列坐其次。虽无丝竹弦之盛，一觞一咏，亦足以畅叙幽情。是日也，天朗气清，惠风和畅，仰观宇宙之大，俯察品类之盛，所以游目骋怀，足以极视听之娱，信可乐也。

夫人之相与，俯仰一世，或取诸怀抱，悟言一室之内；或因寄所托，放浪形骸之外。虽趣舍万殊，静躁不同，当其欣于所遇，暂得于己，快然自足，曾不知老之将至。及其所之既倦，情随事迁，感慨系之矣。向之所欣，俯仰之间，已为陈迹，犹不能不以之兴怀。况修短随化，终期于尽。古人云：『死生亦大矣。』岂不痛哉！每览昔人兴感之由，若合一契，未尝不临文嗟悼，不能喻之于怀；固知一死生为虚诞，齐彭殇为妄作，后之视今，亦犹今之视昔。悲夫！故列叙时人，录其所述，虽世殊事异，所以兴怀，其致一也。后之览者，亦将有感于斯文。

刘禹锡《咏老》

劉禹錫《詠老》（試譯）

人誰不顧老，老去有誰憐。

身瘦帶頻減，髮稀冠自偏。

廢書緣惜眼，多炙為隨年。

經事還諳事，閱人如閱川。

細思皆幸矣，下此便翛然。
莫道桑榆晚，為霞尚滿天。

《譯文》

一個人誰能不顧及到了老年時的難受
呢？人到老年後有誰可憐呢？（你看）身
體一天天消瘦下去，腰帶不斷地減短，

頭髮膨鬆、懵懵懂少、連帽子都戴不正。服裝纖巧而不寬、是因為要愛惜眼睛。隨着年歲漸大、病就不斷、那就要不斷地治療、以經之至年。經的事多了、經的事也就多了。見的多了、閱歷也就更加深廣了。回首往事仔細

地想想自己這一生遭遇是很幸
運的呢！就這樣了老家已經很富
庶很滿足了。雖然說我們這些
老年人形容的就如日落西山，
但是那滿天的光燦燦的彩霞
仍會為人們留下賞心悅目的
美好的畫圖呢！

【原文】

人谁不顾老，老去有谁怜。
身疲带频减，发稀冠自偏。
废书缘惜眼，多灸为随年。
经事还谙事，阅人如阅川。
细思皆幸矣，下此便翛然。
莫道桑榆晚，为霞尚满天。

慶曆四年春滕
子京謫守巴陵
郡越明年政
通人和百廢俱

興乃重修岳陽
樓增其舊制
刻唐賢今人詩
賦於其上屬

予作文以記之予觀夫巴陵勝狀在洞庭一湖銜遠山吞長江

浩浩湯湯，橫無際涯，朝暉夕陰，氣象萬千，此則岳陽樓之大觀也

前人之述備矣
然則北通巫峽
南極瀟湘遷客
騷人多會於此

覽物之情得無
異乎若夫霪雨
霏霏連月不開
陰風怒號濁

浪排空日星隐
曜山岳潜形
商旅不行樯倾
楫摧薄暮冥冥

虎嘯猿啼
斯樓也則有去
國懷鄉憂讒畏
譏滿目蕭然感

極而悲者矣至若
春和景明波瀾不
驚上下天光一碧萬
頃沙鷗翔集

锦鳞游泳，岸芷汀兰，郁郁青青。而或长烟一空，皓月千里，浮光跃金

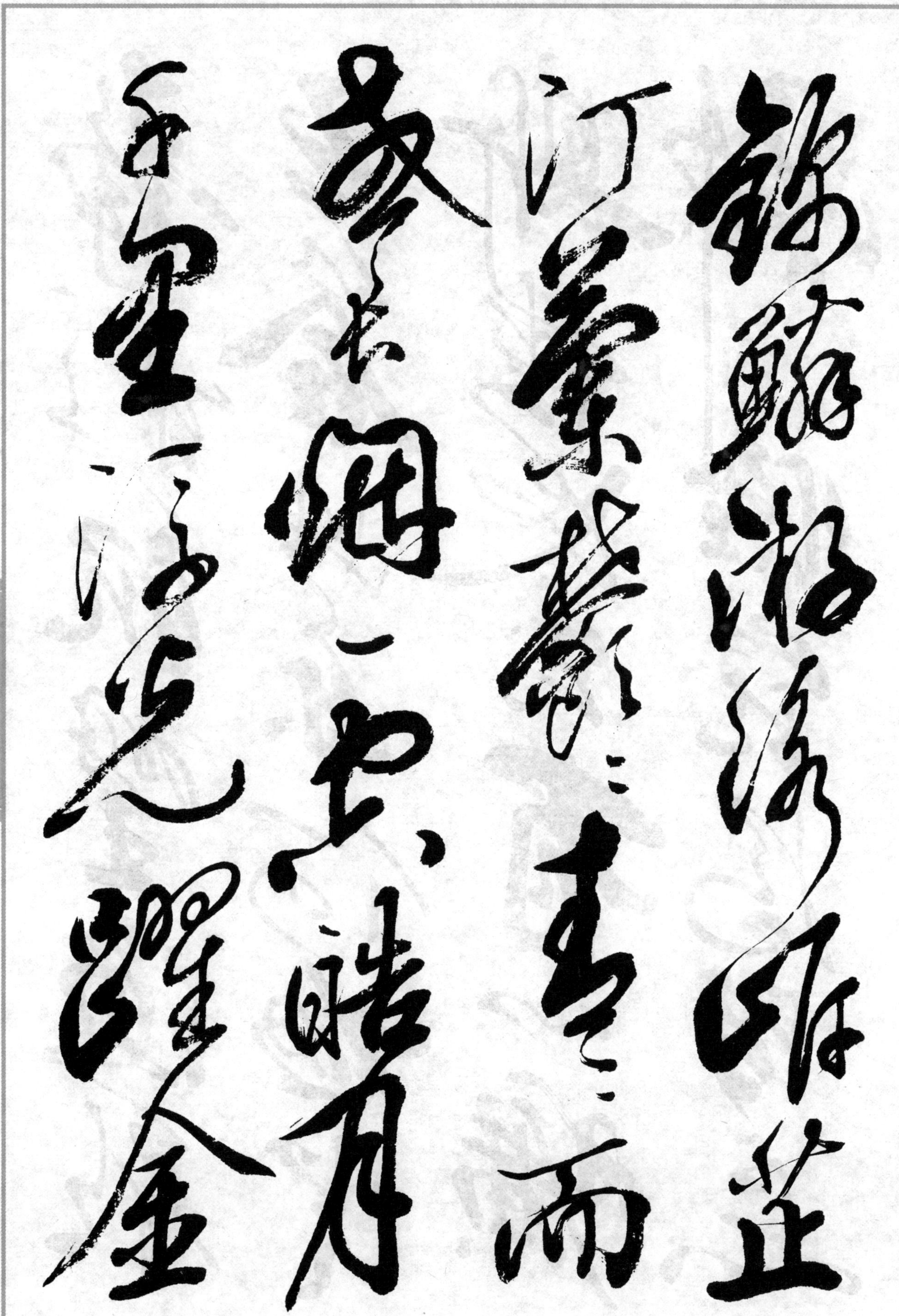

静影沉璧渔歌
互答此乐何极登
斯楼也则有心旷
神怡宠辱偕忘

把酒臨風其喜
洋洋者矣嗟夫予
嘗求古仁人之心
或異二者之為

何年六以樓銘不已也居廟堂之高風度也民安江湖之遠則憂

其君是進亦憂退
亦憂然則何時而
樂耶其必曰先天
下之憂而憂後

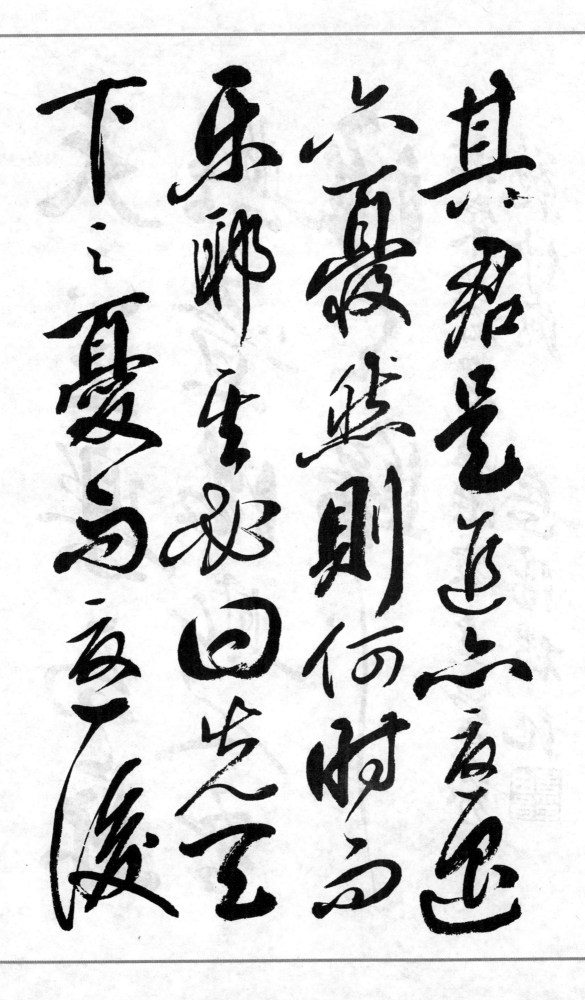

天下之樂而樂
噫微斯人吾
誰與歸

北宋著名政治家文學家
范仲淹岳陽樓記

本文用濃墨重彩，描繪了在岳陽樓上所見到的洞庭湖的不同景色，以及遷客騷人觸景生情而表現出的不同的心境。由此引出，古仁人的形象，歸結於自己，不以物喜，不以己悲的正確主張從而抒發了"先天下之憂而憂，後天下之樂而樂"生活理想。表現出一位傑出政治家以天下為己任的博大胸懷。此文實乃千古不朽千古絕唱。

丙申秋正由人麟峰昌言録

【原文】

庆历四年春，滕子京谪守巴陵郡。越明年，政通人和，百废俱兴。乃重修岳阳楼，增其旧制，刻唐贤今人诗赋于其上。属予作文以记之。予观夫巴陵胜状，在洞庭一湖。衔远山，吞长江，浩浩汤汤，横无际涯；朝晖夕阴，气象万千。此则岳阳楼之大观也，前人之述备矣。然则北通巫峡，南极潇湘，迁客骚人，多会于此，览物之情，得无异乎？若夫霪雨霏霏，连月不开，阴风怒号，浊浪排空；日星隐曜，山岳潜形；商旅不行，樯倾楫摧；薄暮冥冥，虎啸猿啼。登斯楼也，则有去国怀乡，忧谗畏讥，满目萧然，感极而悲者矣。至若春和景明，波澜不惊，上下天光，一碧万顷；沙鸥翔集，锦鳞游泳；岸芷汀兰，郁郁青青。而或长烟一空，皓月千里，浮光跃金，静影沉璧，渔歌互答，此乐何极！登斯楼也，则有心旷神怡，宠辱皆忘，把酒临风，其喜洋洋者矣。嗟夫！予尝求古仁人之心，或异之二者之为，何哉？不以物喜，不以己悲；居庙堂之高则忧其民；处江湖之远则忧其君。是进亦忧，退亦忧。然则何时而乐耶？其必曰『先天下之忧而忧，后天下之乐而乐』欤？噫！微斯人，吾谁与归？

諸葛亮的《诫子書》附譯文

夫君子之行靜以修身儉以養德非淡泊無以明志非寧靜無以致遠夫學須靜也才須學也非學無以廣才非志無以成學淫慢則不能勵精險躁則不能治性年與時馳意與日去

遂成枯落，多不接世，悲守窮廬，將復何及！

《譯文》：從未見過譯文，希望方家指正

說起做為一個德才兼備的君子的品德操行，是要以靜來修身，以儉來養德。不能甘願過着淡泊樸素的生活，就沒法明達自己的志向；不能使自己的心清寧定沉靜，就無法使自己的情操達到高遠的境界。要說學習，必須是志向，要想有才能，就必須學習。不學就不能多方面地掌握多種知識的技能；沒有志向，就不能學有所成。淫傲懈就不能勵練自己的精神，險躁暴戾就不能修養好自己的品惜年幾與時之俱增，意志一天天消沉，於是身體漸漸枯瘦下去，又常常不知不覺搔搔頭。淒淒慘慘，悲悲切切地發揚著自己破舊的衣屋，和那時又將送上什麼樣的災禍呢？？

說明一、原稿為學須靜也，意意文的志不是呼應前句，應說學須志也，如同才須學也，非學無以廣才。

說明二、《左傳·昭公十三年》瀆貨無厭，亦將及矣，為此緣也。這裏的及，是指將遇上災禍，將後面應之同

【原文】

夫君子之行，静以修身，俭以养德。非淡泊无以明志，非宁静无以致远。夫学须静也，才须学也。非学无以广才，非志无以成学。淫慢则不能励精，险躁则不能治性。年与时驰，意与日去，遂成枯落，多不接世，悲守穷庐，将复何及。

張若虛（六六〇—七二〇）唐詩人。揚州人氏。曾做過兗州兵曹。文學上與賀知章、張旭、包融齊名，號稱「吳中四士」。他一生寫的詩僅存兩首。這首《春江花月夜》被譽為「唐詩頂峰上的頂峰」。

春江花月夜　張若虛

春江潮水連海平海上
明月共潮生灩灩隨波千
萬里何處春江無月明
江流宛轉遶芳甸月照
花林皆似霰空裏流霜

不觉飞汀上白沙看不
见江天一色无纤尘
皎皎空中孤月轮江畔
何人初见月江月何年
初照人人生代代无穷已
江月年年望相似不

知江月待何人但见长
江送流水白云一片去
悠悠青枫浦上不胜愁
谁家今夜扁舟子何
处相思明月楼可怜
楼上月徘徊应照离人

妆镜台玉户帘中卷
不去捣衣砧上拂还来
此时相望不相闻愿逐
月华流照君鸿雁长
飞光不度鱼龙潜跃水
成文昨夜闲潭梦落

花可憐春半不還家
江水流春去欲盡江
潭落月復西斜斜月沉沉
藏海霧碣石瀟湘無
限路不知乘月幾人歸
落月搖情滿江樹

春江花月夜（释文）

春江潮水连海平
海上明月共潮生
滟滟随波千万里
何處（处）春江无月明
江流宛转绕芳甸
月照花林皆似霰
空里流霜不觉飞
汀上白沙看不见
江天一色无纤尘
皎皎空中孤月轮
江畔何人初见月
江月何年初照人
人生代代无穷已
江月年年望相似
不知江月待何人
但见长江送流水
白云一片去悠悠
青枫浦上不胜愁

谁家今夜扁舟子
何处相思明月楼
可怜楼上月徘徊
应照离人妆镜台
玉户帘中卷不去
捣衣砧上拂还来
此时相望不相闻
愿逐月华流照君
鸿雁长飞光不度
鱼龙潜跃水成文

昨夜闲潭梦落花
可怜春半不还家
江水流春去欲尽
江潭落月复西斜
斜月沉沉藏海雾
碣石潇湘无限路
不知乘月几人归
落月摇情满江树

全詩緊扣春、江、花、月、夜來寫，
而以江月爲主體，從月出到
月落，在春江月夜的始末中，
表現人生哲學和思歸之情。
前半部寫春江月色，顯示大
自然之美。江潮連海，月共

潮生，春江两岸好鲜明的月替春江美色。地面是江潮滚滚，奔腾翻卷，天也宽明月皎皎，照耀着星，在江潮月光的照耀、辉映中天，好像在展现一幅壮阔的美丽画卷。

下來，都由景及情，從大自然轉對人生哲理和宇宙奧秘的探索引出男女相思的離愁別恨。在對大自然奧秘的思索和詰問中使讀者感受到了，這天地，永恒，人生短暫的感慨。

情之意的交融，在本诗中做到了极致。抒发的情感随着春江的流淌而延伸、随着月升月落而起伏变化、月色的清丽和情怀的缠绵、春江的悠长、和思绪的邈远、达到了定義的統一。聞一多先生在《宮體詩的自贖》中把這首詩譽爲詩中的詩，頂峰上的頂峰。一千多年來無數讀者爲之傾倒，張若虛就因這一首詩「孤篇橫絕，竟爲大家」。

【原文】

春江潮水连海平，海上明月共潮生。滟滟随波千万里，何处春江无月明！
江流宛转绕芳甸，月照花林皆似霰；空里流霜不觉飞，汀上白沙看不见。
江天一色无纤尘，皎皎空中孤月轮。江畔何人初见月？江月何年初照人？
人生代代无穷已，江月年年望相似。不知江月待何人，但见长江送流水。
白云一片去悠悠，青枫浦上不胜愁。谁家今夜扁舟子？何处相思明月楼？
可怜楼上月徘徊，应照离人妆镜台。玉户帘中卷不去，捣衣砧上拂还来。
此时相望不相闻，愿逐月华流照君。鸿雁长飞光不度，鱼龙潜跃水成文。
昨夜闲潭梦落花，可怜春半不还家。江水流春去欲尽，江潭落月复西斜。
斜月沉沉藏海雾，碣石潇湘无限路。不知乘月几人归，落月摇情满江树。

图书在版编目（CIP）数据

由人墨迹 / 由昌言著. —沈阳：东北大学出版社，2017.8（2025.1 重印）
ISBN 978-7-5517-1666-6

Ⅰ. ①由… Ⅱ. ①由… Ⅲ. ①对联—作品集—中国—当代 ②汉字—法书—作品集—中国—现代 Ⅳ. ①I269.7 ②J292.28

中国版本图书馆 CIP 数据核字（2017）第 220428 号

出 版 者：东北大学出版社
地址：沈阳市和平区文化路三号巷 11 号
邮编：110819
电话：024-83680267（社务室） 83687331（市场部）
传真：024-83680265（办公室） 83680178（出版部）
网址：http://www.neupress.com
E-mail：neuph@neupress.com
印 刷 者：三河市万龙印装有限公司
发 行 者：东北大学出版社
幅面尺寸：880 mm × 1230 mm 1/16
印　　张：14.5
字　　数：235 千字
出版时间：2017 年 8 月第 1 版
印刷时间：2025 年 1 月第 2 次印刷
组稿编辑：孙文良
责任编辑：刘 莹
责任校对：刘 泉
封面设计：潘正一
责任出版：唐敏志

ISBN 978-7-5517-1666-6 定 价：58.00 元